集英社オレンジ文庫

京都伏見は水神さまのいたはるところ

綺羅星の恋心と旅立ちの春

相川　真

本書は書き下ろしです。

目次

【登場人物紹介】

三岡ひろ（みつおか）

高校３年生。東京で暮らしていたが、京都の祖母のもとに。水神の加護があり、ひとならぬものの声が聞こえる。

清尾拓己（きよお たくみ）

大学４年生。ひろの幼馴染み。兄の代わりに家業の造り酒屋『清花蔵』を継ごうとする。

シロ

かつて京都にあった池の水神。普段は白い蛇の姿だが、雨が降る時には人の姿になれる。ひろに執着する。

水守はな江（みずもり はなえ）

ひろの祖母。古くから水に関わる相談事を引き受けていた蓮見神社の宮司。

西野　椿（にしの つばき）

ひろの友人。古典研究部所属。あだ名は椿小町。

砂賀陶子（さが とうこ）

ひろの友人。陸上部のエース。兄は拓己の後輩の大地。

イラスト／白谷ゆう

一
花傘の夢は踊る

1

雨の音がする。

ひろは自室の布団の中でゆっくりと目を開けた。窓の向こうは夜と朝のあわいを示すほの明るい藍色。外は夜明けを迎えようとしている。薄くけぶるような秋の雨が降っていた。

妙な時間に目覚めてしまったと、ひろは枕元の時計を見ようと身を起こした。

「――シロ」

ひろは思わずそうつぶやいた。枕元で壁に背を預けて座り込んでいた青年が、うっすらと目を開いた。

青年の白銀の髪は肩に触れるほど、薄い藍色の着物一枚で、裾には蓮の花が描かれている。ぼんやりと焦点の合わない瞳の色は、月と同じ金色。外からの淡い光が伏せた長い睫の影を、白い頰に落としていた。

ひろがシロと呼ぶその青年は、人ではない。この地に棲む神の類だ。

シロは幾分戸惑ったようにぱちぱちと瞬きをして、やがて小さく息をついた。

「……夢を見ていた」

シロには珍しい、どこかぼうっとした声だった。

シロの長い腕に引き寄せられたひろは、その長い足の間にすとんと腰を下ろす。ひやりと冷たい腕に後ろからぎゅう、と力を込められて、それがいつも大型犬のようだと微笑ましくなってしまうのだ。

「珍しいね、シロが人の姿で眠るところ、初めて見たよ」

ああ、とも、うん、ともつかぬ曖昧な返事が後ろから聞こえる。

シロは普段小さな白蛇の姿をしていて、雨が降ると人の姿になることができる。その正体はかつて京都の南にあった、大池と呼ばれる池の水神だ。本当の姿は、月の光を瞳の中に宿す荘厳な龍神だった。

雨の夜にはよく、シロはひろの部屋にやってくる。しかしひろが眠るとどこかへ行ってしまうことが多く、朝起きた時にシロが眠っているところを見るのは、ひろも初めてだった。

しばらくひろの肩に顔を埋めるようにしていたシロが、ぱっと体を離した。名残惜しそうにひろを布団の中に押し込んで、ちらりと時計を見る。

「まだ少し寝られるだろう」

「うん。お休み、シロ」

ひろはとろりととける意識の中で、ぼんやりとシロに問いかけた。

「ねえシロ。どんな夢を見たの」

ひろが見上げた先で、月と同じ金色の瞳が不安定に揺れた。

「……初夏、蓮の咲き乱れる美しい──おれの棲み家。……かつての大池の夢だ」

ひろはわずかに息を呑んだ。

大池──巨椋池と呼ばれたその巨大な池は、ひろの生まれるずいぶん前に埋め立てられてしまった。今その姿を望むことはできない。

シロがひろの髪を白い指で梳きながら、眠れ、と甘やかな視線をよこしてくる。その瞳がひろにはどうしてだかとても悲しげに見えた。

大丈夫だよ、と手を伸ばす前に、ひろの意識はすとんと落ちていった。

「──いい夢だった」

かすかにつぶやくようなシロの声を、ひろはどこか遠くで聞いたような気がした。

九月の京都は、からりとした爽やかな秋の風に満ちていた。抜けるような青空に薄くまっ白な雲がたなびいている。蒸し暑い夏が終わり、凍えるような冬の風が吹くまでの、短いけれど過ごしやすい時期だ。

三岡ひろは高校一年生の十月に、東京から京都へ越してきた。今は祖母の家である蓮見神社に、その祖母と二人で暮らしている。

あれからもうすぐ二年、越してきて三度目の、そして受験生のひろにとっては勝負でもある秋だ。

「――……おかしくないよね」

ひろは教科書の入ったトートバッグを抱きしめながら、はす向かいにある酒蔵、清花蔵の前に立っていた。

さっきまでひろは自分の部屋で、受験生として至極真面目に受験勉強に精を出していた。それが、どうしても解けない数学の問題に出くわしたのだ。解答を見てもいまいち腑に落ちない。

明日学校で誰かに聞こうか、と考えて、ふと魔が差した。

最近あまり顔を合わせていない、幼馴染みに聞くのはどうだろうか。

ひろには清尾拓己という幼馴染みがいる。清花蔵の跡取りで、四つ年上の大学四年生だ。祖母の帰りが遅い夜は、ひろはこの清花蔵で週に二、三度夕食の相伴にあずかっている。今までは用がなくとも顔を出していたのだが、本格的に受験勉強を始めてからは、その回数もずいぶん減ってしまった。

だから最近、拓己とちゃんと話もしていない。そう思い始めると、なんだかいてもたってもいられなくなって、気がつくとひろは教科書をまとめてトートバッグにつっこんでいた。

勉強でわからないことを聞くだけだとそう思うのに、心がそわそわと浮き足立っているのが、自分でもわかる。

この幼馴染みに、ひろはたぶん、恋をしている。

未だ曖昧で揺れ動いてばかりのひろの恋心は、ようやく最近目覚めたばかりの、子どものようなものだ。いつもは眠っているくせに、時折火がついたように暴れ出す。

——会いたい。

そう思ったら、後は何も手につかなくなった。

そういうわけで、ひろは解けない数学の問題を抱えて清花蔵の前に立っている。いつも気軽に訪れる店表の暖簾（のれん）を、今日は幾分緊張しながらくぐった。

店は主に営業たちの商談の場になっている。壁際の棚に一升瓶（いっしょうびん）が見本のようにずらりと並んでいて、立ち寄った観光客が買って帰ることもできるようになっていた。

「——ひろ」

店表から奥に入ったところで、ひろは呼び止められた。慌てて振り返ると、ダンボール箱を抱えた拓己が立っている。

「来てたんか。勉強は大丈夫か？」

きりりとした目とすっと通った鼻筋、端整な顔立ちは、洋服よりも着物が似合うと思わせる。高校時代は剣道部だった拓己は今も道場に通っていて、肩にも背中にもしっかりと男らしい厚みがあった。

面倒見のいい拓己の優しい微笑みに、ひろは胸の奥でぐるりと動くものを、トートバッグをぎゅっと抱きしめることで何とか抑え込んだ。

「数学の問題で、つまずいちゃったんだ。……もし拓己くんがわかるならって思って」

「高校の数学か。おれ、覚えてるかな……」

拓己が苦笑した。

「もうすぐ模試があるんだ。他の教科はA判定なんだけど、数学だけどうしても志望校の判定に届かなくて……」

ここに来てしまったのはひろ自身のやや甘い心に従った結果だが、受験生として少々切羽詰まっているのも事実だ。

苦りきった顔でひろがそう言うと、目の前で拓己が目を丸くした。

「決まったんか、志望校」

「――うん」

京都の大学から、ひろは文学部の希望の学科がある学校を三つ選んだ。どれもそれほど偏差値に差のある学校ではなく、模試の判定は三つとも横並びの状態だ。

拓己が首をかしげた。

「ひろが文学部か、意外やな。ひろは絵が好きやから、美大とか芸大とかそういう方に行くんかと思うてたけど」

「……やりたいことがあるの」

ひろはまっすぐ拓己を見てそう言った。

学部や学科については、ひろもずいぶん迷った。それでもここがいいと決めたのだ。拓己は少し驚いたような顔をして、それからすぐに柔らかい笑みを浮かべた。

「ひろが、自分で選んだんやったらええよ。それが一番、後悔もないから。――それで、誠子(せいこ)さんには話したんか？」

拓己に問われてひろはぎくりと肩を震わせた。

誠子はひろの母だ。

ひろは二年前、母と共に暮らしていた東京から、祖母の住む京都へ越してきた。父はずっとアメリカで働いているから、三岡家は今ばらばらの状態だ。

東京へ戻ってこないかと母に言われたこともあった。けれどひろは、ずいぶん迷った末に、京都に残ると決めたのだ。

母とひろとは、確かに家族だけれど未だ折り合いのつかないところがある。特に進路についてはもっと母と話し合いが必要だった。

拓己の目がすっと細くなる。

「願書の取り寄せやらもう始まる頃やろ。先生と相談もせなあかん。誠子さんとちゃんと話さなな」

拓己はいつだってひろに優しく甘いが、やるべきことを見逃してくれるわけではない。ひろは唇を結んでうなずいた。

「……来週、お母さん京都に帰ってくるから。……そこで話すよ」

母が珍しく遅めの夏休みを取ったという。来週からしばらく、故郷であるこの京都へ帰ってくるそうだ。

ひろの声が深く沈んだのがわかったのだろう。拓己が苦笑交じりに一つ息をついた。

「うん。がんばり。何かあったら、いつでもうち来たらええから」

拓己のその言葉が、ひろの心をほっとあたためてくれる。

幼い頃拓己は、こうしてよくひろのことを気にかけてくれた。ぼんやりしてばかりだったひろの手を引いて一緒に遊んでくれたり、いろいろなところへつれていってくれたのだ。

拓己の優しさは自分だけに特別ではないことを、ひろは知っている。誰にでも平等に手を差し伸べる拓己の傍には、いつだって人が集まるのだ。

その中でひろの立ち位置は、妹のような幼馴染みというだけだ。

それだけだって十分特別でうれしいと思うのに、困ったことにこれが己の中の恋心と最近まったく折り合わない。

恋とは自分勝手で欲ばりになるものだなあ、と。先を歩く拓己の背を見つめて、ひろは小さくため息をついた。

店表から母屋に抜けたところで、ひろは目を丸くした。

「……わぁ！」

まるで花畑だ、とひろは一瞬そう思った。

見慣れたはずの清花蔵の中庭に、色とりどりの花が咲き誇っている。

それはよく見ると、小さな番傘だった。庭のあちこちに紺や臙脂色の番傘が広げられている。石突の先に、赤や黄色、金、銀などの華やかで大きな、プラスチックの花が一つあしらわれていた。

祭で使う花傘だ。

これが伏見で近々行われる御香宮の花傘祭、神幸祭で使われるものだということは、ひろも知っていた。

伏見は、太閤豊臣秀吉が安土桃山時代に、伏見城の城下町として整備した土地だ。かつてその城のあった場所に向けて緩やかに上る坂の途中、国道二十四号線の手前に神社がある。

御香宮。ごこうのみや、とも、ごこうぐうとも呼ばれている、大きな神社だ。

この御香宮で毎年、九月の末から十月の頭にかけて大きな祭があった。

一週間ほども続く秋祭りで、そのさなか、二度にわたって町内や団体が花傘を担いで順に参拝する花傘総参宮、通称花傘行列がある。それにちなんで『花傘祭』と呼ばれていた。

幼い頃、花傘祭はひろも目にしたことがある。おぼろげな記憶の中、祖父に手をひかれて、見に行ったのを覚えていた。その時は確か拓己の父、正たち清花蔵の面々も参加していたと思うのだ。

去年はそういえばどうだっただろうか、とひろは首をかしげた。こんな風に中庭に傘の花畑が広がっていただろうか。ひろがそう問うと、拓己が手に持ったダンボール箱をどさりと縁側へ置いて、首を横に振った。

「ここ何年かはうちも行列についていくぐらいやったんやけどな。うちの傘会、『流傘会』て言うんやけど――」

花傘行列は町内や団体がそれぞれ傘に工夫を凝らして参加する行列だ。拓己たち清花蔵は、町内の傘会『流傘会』の一員だった。

「傘会の会長さんが、今年入院しはってな。祭に間に合わへんて言わはる。それで今年は、うちが準備も引き受けたんや」

拓己がダンボールを開けた。

中をのぞき込んでひろは目を見開いた。プラスチックの造花がぎっしりと詰まっている。青と白色、銀色、ピンクと、色とりどりの鮮やかな花が隙間なく納められていて、まるで小さな花畑のようだった。

拓己はこういう造花やそろいの法被、子ども用の小さな番傘、大花傘のパーツなど、必要なものを傘会が管理する倉庫から、運び込んでいるさなかだそうだ。

ほら、と拓己が指した先を見て、ひろは目をみはった。

大きな蜘蛛の巣みたいだ、と思ったのは、行列のメインとなる大花傘の骨組みだった。ひろが両手を広げたよりも大きい。

ひろが傘に駆け寄ると、傍にいた清花蔵の蔵人がこっちを向いた。

「ひろちゃん、ただいま」

「お帰りなさい！」

清花蔵は寒造りの蔵だ。蔵人たちは季節労働者で、仕込みが始まる頃に故郷から住み込みで蔵に入り、春になると帰っていく。

顔見知りの蔵人たちがあちこちから、「ただいま」と挨拶(あいさつ)してくれるのがひろはまだ少し緊張する。

ここに来てからすぐの頃は、体も大きく迫力のある蔵人たちが怖くて、拓己の後ろに隠れてばかりだった。

今はひろのことも、清花蔵の一員のように受け入れてくれているとわかるから、ぎこちなくとも顔を見て話すことができている。

ひろは蔵人たちを見回した。

「今年は、早いですね」

蔵の仕込みが始まるのは十月頃。いつもはそのくらいに故郷からやってくる蔵人たちは、今年は戻りが少しばかり早い。

「祭の手伝いが欲しいて、せっかくやからておれらも早(はよ)う呼び戻されたんよ。今年は、蔵に米入れるより先に、花傘作らんとあかんのやて。かなんわあ」

ちっとも困っていないようにそう言った彼に、周りの蔵人たちが笑いながら同意した。

いつも清花蔵の中庭で宴会を開いている彼らは、結局お祭り騒ぎが大好きなのだ。

ひろは大花傘が蔵人たちの手で組み立てられていくのを、じっと見つめていた。

祇園祭の鉾と同じで、保管してある骨組みを、毎年祭に向けて組み立てるのだそうだ。

骨組みのほとんどが竹や木、中心から放射状に伸びる骨は、太いワイヤーの力も借りて強靱なしなりを持つように作られていた。

この骨組みに花を飾り付けたり、二段重ねにしたり、竿に提灯をつけて工夫を凝らす。大人一人でやっと抱えられるほどの重さのそれを、神社の前で軽やかに振ってみせるのが地域の男の名誉だった。

中庭の端にようやく全てのダンボールを運び込み終えた拓己が、にやりと笑った。

「今年、おれこれを振らせてもらえるんや」

「折るなよ、坊」

「倒すなよ、拓己」

途端に横からヤジが飛んでくる。蔵人たちは子どもの頃から知っている拓己に対して、遠慮がない。

「大丈夫です!」

むきになって言い返す拓己は、それでも隠しきれない喜びを滲ませていた。その横顔が、なんだかぱちぱちと輝いて見える。ひろはまたきゅう、と胸が甘く痛むのを感じた。

本当はすぐさま勉強に戻らなくてはいけない立場なのに、ここからとても離れがたい。

ひろは一度空を見上げた。そして手元のトートバッグに目を落とす。日はまだ高く、今日の勉強は数学を残してほとんど終わっている。

ひろはそっと拓己をうかがった。

「……拓己くん、お手伝いは足りてる？」

そう言うと、意図を汲んだ優しい幼馴染みが肩をすくめた。

「……数学はええんか？」

「今日は、もう十分がんばったんじゃないかな、って思う」

教えてもらいに来たと理由をつけたくせに、ずいぶん身勝手だと自分でも思う。

それでも、毎日続く受験勉強に少々飽いてきていることも、煮詰まっていて息抜きが必要なことも、拓己はお見通しらしかった。

「まあ、猫の手も借りたいぐらいやからな」

ひろはぱっと顔を輝かせた。

「うん。何でもする」

花を傘に飾り付けるのだって、小さな傘の数を数えることだって、法被にアイロンをあてることだって。なんだって楽しいし心が躍る。

それは拓己と一緒だからだともうわかっている。

「言うとくけど、数学も後でやるからな」

きっちり釘を刺してくる拓己に、ひろは大きくうなずいて。

教科書の詰まったトートバッグを縁側に放り出した。数学の参考書がそこからのぞいている。

この人に教えてもらうのなら、苦手な数学だって楽しみになるというものだ。

2

御香宮の境内に早くも屋台が建ち始め、明日からの祭への期待に街中が浮き足立っているその日。

帰省した母は蓮見神社に着くなりため息をこぼした。

「……嫌な時に帰ってきちゃったわね」

白色の上質なロングカーディガン、黒のタイトスカートは母の足首までの体のラインをきれいに見せている。濃いブラウンのシャツは、貝ボタンの一番上が開けられ、そこからのぞく首元にはシャンパンゴールドのスカーフ。

　蓮見神社の客間に、ハイブランドのボストンバッグを置いた母は、縁側の庭をつまらなさそうに眺めていた。

　ひろは台所で、盆に急須と湯飲み、菓子皿を乗せた。

　今日の菓子は羊羹だ。切り口にぐるりと渦巻きの文様が入っていて、甘すぎずさらりと口の中でとけるそれは、ここ最近のひろのお気に入りだった。

　母は盆を持って客間へ上がるひろを見るなり、きゅっと眉を寄せた。

「ひろ、その服もう少し何とかならないの？」

　ひろは盆を持ったまま、自分の格好を見下ろす。春に買ったワイドパンツと、上は薄手の臙脂色のニット。どちらも河原町の量販店で、友だちと選んで買った服だ。ひろの中では悪くないと思うのだが、どうやら母はお気に召さないようだった。

「もうすぐ大学生なんだから、お休みくらいいい服を着なさい。わたしがあげたワンピースは？　ちゃんと着てる？　そんなに身長も伸びてないからまだ着れるでしょう」

　ひろは苦笑して、卓の上に湯飲みと急須を並べた。

　京都へ来る前、母にワンピースをプレゼントしてもらった。黄緑地に白の大きなドットが散る鮮やかなワンピースで、海外の有名なブランドのものだ。びっくりするような値段なのを、ひろも知っている。

結局それはひろが京都へ来て以来、一度も着ていない。

「もうちょっとああいうのが似合う女の子になったら、着ることにしてる。わたしにはまだ早いと思うよ、お母さん」

ひろはきっぱりとそう言った。

自分にはまだ、友だちと気安く買う服が合っているとひろは思う。もしかしたら一生そうなのかもしれない。けれどいつか、あの黄緑色が似合う女の子になれるのかもしれないと思うと、それはそれで少し楽しみでもあった。

母は戸惑ったようにひろから視線を逸らした。

母はひろが自分の意見を言うことに慣れていない。今までひろのことは母が何でも決めてきたからだ。それが母の、母なりの愛情だということはひろにだってわかっている。

でもひろはもうそれを受け入れることはできなかった。

ひろはこれから精一杯、自分で自分の道を歩いていかなくてはいけないから。

ぽつりぽつりと話していた近況が途切れた頃。ひろは母に進路希望の紙を差し出した。

京都の大学が三つ書かれている。そのどれにも共通した学部に目を向けて、母は眉を寄せた。

「全部京都の大学じゃない……それに文学部って」

「うん。わたし、できればずっと京都に住んで、おばあちゃんの神社を継ぎたいの」

そのための勉強をする。それは少し前から、ずっとひろの頭の中にあったことだ。

母が呆れたようにため息をついた。

「あなたが、東京の雰囲気が苦手なのはわかる。でも、ずっとここにいる必要はないでしょう。自然が好きならニュージーランドとか、カナダあたりに留学したっていいわ」

母の指先が、進路希望用紙にくしゃりと皺を刻んだ。

「……何もここを継がなくったって。ひろ、おばあちゃんに何か言われたの？」

「違うよ」

ひろは一生懸命、首を横に振った。

「わたしが決めたんだよ」

母はこの神社を継ぐことはない。母にも祖母にも兄弟姉妹がいないから、祖母に何かあればこの神社はうち捨てられてしまうかもしれない。

それは嫌だ。

母とひろは進路希望用紙を挟んで、しばらく互いに黙り込んだ。やがて母がぽつりと口を開く。

「……少し考えさせて」

ひろは、ほ、と息をついて卓の湯飲みから茶をすすった。

——……どおん。

どこかで祭太鼓が鳴った。明日の祭のために試し打ちをしているのだろうか。

「……嫌な音」

母がそうつぶやいたのが聞こえた。

母はこの土地が嫌いだ。帰省しても長居はしない。祖母とはよく電話で話しているようだが、この土地そのものが母にとっては鬼門なのかもしれない。

「お母さんはお祭が嫌いなの？」

ふとひろがそう問うと、母が顔を上げた。凛（りん）と引き締まり、背筋の伸びたその姿はやはり祖母によく似ている。

「……この時期は嫌な夢を見るのよ、本当に——嫌な夢を」

背筋を伸ばしたまま視線を逸らした母は、眉間（みけん）にぎゅっと皺が寄っていた。

どこかでまた、どおん、と太鼓の音がした。

その夜、ひろは母から預かった大量の手土産（みやげ）を携（たずさ）え、清花蔵を訪れた。

「ええっ、誠子さん来はらへんの!?」

拓己の母、実里(みさと)が悲鳴じみた声を上げる。ひろは申し訳なさそうにまなじりを下げた。

「ごめんなさい、祇園で会食があるからって……実里さんには謝っておいてほしいって」

結局、休暇とはいえ母には仕事があった。

仕事で京都中を駆け回っている祖母と、そういうところも似ている。おかげで、母が帰省しているというのに、ひろは一人で清花蔵の夕食に甘える羽目になっているのだ。

拓己の母、実里は少しふくよかで、いつもころころと楽しそうに笑う女性だ。人をもてなすのが好きで、今日の母の帰省も楽しみにしてくれていたのだ。それを知っているだけに、ひろの胸の内は申し訳なさでいっぱいになる。

「……すみません」

「ううん、誠子さんもこっちにいたはる間に、どこかで顔見せてくれはるんやろ?」

ひろはうなずいた。母が清花蔵での食事を楽しみにしていたのも本当だ。誰かと会って話をするのは、案外好きな人なのだ。

そう聞いて安心したのか、実里はいそいそと手土産の紙袋の中をのぞき込んだ。中から、丁寧(ていねい)に包装されたいくつかの箱が出てきて、その一つ一つに実里は歓声を上げた。

「うわ、東京のお菓子!　見てひろちゃん青山(あおやま)やて、おしゃれやわあ……!」

青山や表参道などの地名に、うれしそうに反応する実里に、ひろも顔をほころばせる。実里はこういうところが、とても可愛い人なのだ。

その夜の清花蔵は、相変わらず豪勢な食卓だった。食事の間の大きな卓に、どん、どんと大皿が並ぶ。

秋茄子の焼いたものに、たっぷり鰹節をまぶしたもの。出はじめの南京の炊いたもの。ごぼうのきんぴら。一番の大皿には、戻り鰹の刺身が豪快に盛り付けられていた。

つやつやの新米が炊き上げられ、実里手作りの胡瓜と長芋の漬物が並ぶ。

ひろはいそいそと自分の皿に、鰹の刺身を取った。清尾家の家族や蔵人たちと大皿料理を共有することももうずいぶん慣れた。

「ひろ、薬味忘れてる」

拓己が薬味だけが別に盛られた、大きなどんぶりをよこしてくれた。細く切った葱や大葉をたっぷり添えて食べるのが美味しいのだ。

大葉と葱でサラダのようになった鰹を頬張る。この季節の戻り鰹独特の脂がじわりとしみだして、大葉の爽やかな香りがいっぱいに広がった。

部屋の端には、朱塗りの盆に母が持ってきた菓子が山と積まれていた。蔵人たちが物珍しそうに手にとっては「都会のおしゃれなお菓子」と、ひと盛り上がりしているのがおかしかった。

「――誠子ちゃんこっちに来てるて？」

そう口を挟んだのは、清花蔵の杜氏である常磐だった。

拓己たち清花蔵の人間が『蔵元』。蔵元に雇われて、酒造りの指揮をとったり蔵人たちに指示を出すのが杜氏だと、ひろは拓己に教わった。

麴の塩梅や温度管理と難しい仕事がたくさんあって、杜氏で酒の味が決まることも多いと言われている。

常磐は拓己の父、正の前の代からずっと、清花蔵で清酒『清花』を作り続けていた。

まだ仕込みが始まっていないからか、故郷からこっちに戻ってきたばかりの常磐も、蔵人たちもいつもよりずっと気が緩んでいるのだろう。

常磐の顔はすでに酒が入っているのか、ほんのりと赤かった。

「常磐さんは、お母さんのこと知ってるんですか？」

この二年の付き合いで、ひろもずいぶん常磐に気安くなった。潑剌とした雰囲気がある常磐も、七十をとうに越えている。拓己にとってもひろにとっても、祖父のような存在だった。

常磐はうなずいた。

「蓮見さんとはずっとお向かいさんやからなあ。誠子ちゃんは小さい時から、ようできる子でな。学校の成績も運動会もいつでも一番やった」

常磐は懐かしそうに目を細めた。

「はきはき喋る(しゃべ)し頭の回転も速いし、言い合いになったら大人でもかなわへんかった。せやけど、同い年の友だちと遊んでるところも見たことあらへんでな。先生が心配しとったわ」

この場合の『先生』は、母の父でひろの祖父、誠次(せいじ)のことだ。小学校の先生をしていたから、地域の大人たちからそう呼ばれている。ひろが五年生の時に亡くなったのだが、穏やかで周りに好かれる人だった。

常磐の話を聞きながら、ひろはなんだか不思議な気分だった。ひろの知らない幼い頃の母のことを、そういえばあまり聞いたことがなかったからだ。

拓己が常磐の猪口(ちょこ)に酒を注いだ。それを気分よく舐め(な)ながら、常磐が続ける。

「誠子ちゃんは、どこか一人高いところで、人と違うものを見てるような子やったな。東京の大学卒業して、社会人になって、ものすご生き生きした顔をしてて——……」

ふ、とかすかに常磐は笑った。

「誠子ちゃんにとって、ここは静かで緩やかで、退屈やったんかもしれへんなあ」

それは娘の成長を見守る親のような表情に見えた。少しもの悲しそうで、それでもどこか愛おしいものを見るような目だ。

母には都会の水が合っているのだと、ひろは思う。

ひろがこの伏見の土地で、ここが自分の生きる場所なのだと知ったように、母もまた息苦しい故郷から、自分に合った場所を見つけた。

ただそれだけなのかもしれなかった。

食事の後、ひろは縁側でぼんやりと空を眺めていた。耳を澄ますとちりちりと鳴く虫の声が聞こえる。風はさらりと乾いた秋の風。見上げた空には丸い月がぽかりと浮かんで、清花蔵の庭を照らしている。

砂利が敷かれた庭にはポンプ式の井戸があって、そこから石の器にぽたり、ぽたりと雫がこぼれ落ちていた。清花蔵で仕込みにも使う地下水、『花香水』が汲み上げられているのだ。

その前には、組み立てられ、これでもかと花が盛られた大きな花傘が、明日の出番をじっと待っている。月光に照らされて銀色の花がきらきらと輝いていた。

「──やっぱり、誠子さんとひろ、似とるんやな」

振り返ると、拓己が盆を手に笑っていた。縁側の隣に座って盆をひろとの間に置く。厚い硝子の器に、瑞々しい葡萄と剝いた梨が盛られていた。

拓己が小さな器にいくつか盛り付けて、手渡してくれる。飾りにミントの葉が添えられているのが、細かいところを妙に整えたがる拓己らしい。

大粒の葡萄は口に含むと、じゅわりと果汁があふれ出した。隣の食事の間では、その葡萄と梨を肴にもう一杯と大人たちが盛り上がっている。

ひろはしゃくりと梨をかじって、傍らの拓己を見やった。

「そう？　昔から、お母さんとは似てないって言われてたよ」

目鼻立ちは母の方がよほどきりりとしている。それに軽やかに人と話す母と違って、ひろはいつもうつむいてばかりで、ろくに会話もできなかったのだ。

人見知りで誰かと話すのも苦手。気がつくと公園や神社の木や池、草花を夢中になって眺めているひろを、皆が変な子だと言った。

それを思い出すと、まだ息が詰まるような気持ちになる。

何より母の好むあのめまぐるしい東京の風は、ひろにはとにかく速すぎた。息も絶え絶えになっていたところを、祖母が京都に呼んでくれたのだ。

「親子なのにどうしてこんなに違うんだろう、て思ってた……」

ひろがそう言うと、拓己は柔らかく笑ったまま、自分も瑞々しい梨を一口かじった。

「似てると思うよ。誠子さんもひろも妙に頑なとこあるし、方向は違うかもしれへんけど、ちょっと浮世離れしたとこもあるし。あと、二人ともたぶん不器用や」

穏やかな拓己の言葉は、どうしてだか、ひろの胸にすとん、と落ちた。

今日は、母のことをたくさん聞く日だ。そして、自分が今まで、どれだけ母を知らなかったかをつきつけられた日でもある。

親子なのに、ひろと母は今まで互いに向き合わなさすぎたのだ。

「……こうやって、ちょっとずつお母さんのことも、わかっていくのかな」

それは少し面はゆい気もして、ひろは照れかくしのように一つ葡萄を口に放り込んだ。

その横で拓己が悪戯(いたずら)っぽく笑う。

「誠子さんの方がしっかりしたはるのは確かやけどな。ひろみたいに、勝手に一人でふらふら迷子になったりしはらへん」

小さな頃、風の音や花の香りに夢中になって、しょっちゅうふらふらしていたひろの手を、いつも引いてくれていたのは拓己だ。長期休みのたびにやってくるひろを、蓮見神社の外に連れ出しては、一緒に遊んでくれた。

「今はわたしも大丈夫だよ」

ひろがむっと唇をとがらせてそう言うと、拓己の目の奥に、わずかに切なさが揺らいだような気がした。

「……そうか。もう大丈夫か……」

拓己がふ、と笑う。

「――春になったら」

拓己がそうつぶやいた瞬間。ひろの胸の内が一気に冷えた。

「ひろは大学生やな」

そうして拓己は――東京へ行ってしまう。

拓己は初夏に出した履歴書をもとに、危なげなく面接を乗り切って、東京の大手食品メーカーに内定していた。

春からは東京で一人暮らしすることが決まっているという。

春になったら。

ひろの前にも拓己の前にも新しい道が開けるだろう。あたたかな風が吹き、桜が舞い、花が芽吹く美しい季節がひろは大好きだったけれど。

今はこの縁側で、拓己と過ごす最後の秋が深まるのすら、さびしくてたまらなかった。

――……あら、うん……よい……い……。

その時、小さな声が聞こえたような気がして、ひろははっと顔を上げた。隣で拓己が怪訝そうに眉を寄せている。

「どうした？」

ひろはそれには答えずに、じっと耳を澄ませる。

——あら、うんと、まかせ。

歌うような少女の声だ。今度ははっきりと聞こえた。

「拓己くん、声がする」

拓己が目を見開いた。

ひろには二つ力がある。祖母が「水神の加護」と呼ぶものだ。その内の一つが、人ではないものの声を聞く力で、しばしば小さな事件の解決に繋がることがあった。

ひろは縁側から腰を浮かせた。庭を見回してつぶやく。

「あそこ……」

ひろが指したのは大きな花傘だった。

降り注ぐように大ぶりの花が垂れ下がる下に、少女が立っていた。白いブラウスとプリーツの入った黒のスカート。顔立ちは幼いけれど、妙に大人びているように見える。

その顔にひろは何か引っかかるものを感じて、首をかしげた。その少女を、どこかで見たことがあるような気がしたからだ。

少女は手には小さな番傘を持っていて、そのてっぺんにはプラスチックで作られた鮮やかなピンクの花が一つついていた。子ども用の番傘だ。

「……いてる、見えるわ」

拓己がうなずいた。拓己も神酒（みき）を造る清花蔵の家系だ。ひろよりずっと弱いけれど、時々人ではないものの姿を捉（とら）えることがあった。

その少女は小さな声で歌を続けながら、細い腕をするりと伸ばした。花傘を見上げて目を丸くして。やがてうらやましそうに唇を噛（か）む。


——……て、言うたのに。待って……る、て。


ざぁ、と風が吹いた。

次の瞬間少女の姿がかき消えた。ひろと拓己が同時に息を呑む。どちらともなしに庭に下りて、花傘の下に向かった。

　ひろが辺りを見回している間、拓己は雨よけにかぶせてあったビニールシートの下にあったダンボールの箱を、ごそごそと探していた。

「やっぱりや。子ども用の花傘が一本なくなってる。さっき、あの子が持ってたやつや」

「持っていっちゃったのかな……」

「予備が結構あるから、一本くらいはええけど……」

　それにしたって、どうしてあの番傘を持っていってしまったのだろう。あの子は一体誰で、あんな風にうらやましそうに花傘を見上げて、何を伝えたかったのだろうか。

　ひろは無意識に辺りを見回していた。

「どうした、ひろ」

「ううん。シロがいれば、あの子のこと聞けたのになって思って」

　そういえば今日はまだ姿を見せていない。いつも清花蔵での食事時はたいてい、用がなくても白蛇の姿でやってきていたのに。

「あのやかましい白蛇と顔合わせせんですんで、せいせいするわ」

　拓己がふん、と腕を組んだのを見て、ひろはくすりと笑った。

　縁側の盆には、拓己が持ってきた硝子の器が一つ余っている。こういう時拓己は、必ずシロの分も用意する。拓己とシロは顔を合わせれば喧嘩ばかりだが、案外息が合うのではないかと、ひろはこっそり思っていた。

「――せやけど、確かに白蛇、最近来うへんな」

ぽつりと拓己がつぶやいたそれが、ひろにはどうにも不穏に聞こえた。

次の日。夕日が沈み空が藍色に染まる頃。ひろは蓮見神社の庭をうろうろと歩き回っていた。

今日は祭の初日、花傘行列の日だ。街中そこかしこが浮き足立っていて、色濃い祭の気配がする。早くしないと始まってしまうと、ひろは焦れたように暗く沈んでいく空を見上げた。

「シロ」

あまり声を張ると家の中にいる母に聞こえてしまう。ささやくようなひろのその声に応えて、暗闇からするりと姿を現したものがあった。

夜闇に溶け込むようなその姿は、透明な鱗に、月と同じ金色の瞳を持つ、白蛇姿のシロだ。姿を見せてくれたことに、ひろはほっとした。

ひろが手を差し出すと、シロは腕を伝って、するりと肩まで這い上がった。

「どうした、ひろ」

「今日は花傘祭だよ、シロ。一緒に行こう」

「祭か……」

シロはぼんやりとつぶやいた。

最近シロの様子はどこかおかしい。呼べば来るけれど、自分からあまり姿を見せなくなった。一緒にいても、じっと何かを考え込んでいることも多い。

シロはぽつりと言った。

「跡取りはいいのか？」

「拓己くんは、今日は花傘行列だよ」

拓己たち清花蔵の面々は、準備で昼からずっと走りまわっている。シロが、ふい、と視線をそらした。

「ひろは？　……一緒に行ってきたらどうだ？」

ひろは首を横に振った。準備を手伝うと申し出たひろを、祭を見物してこいと送り出してくれたのは、その清花蔵の面々だ。せっかくだから、その言葉に甘えることにしたのだ。

そう言うと、シロが目を合わせないまま言いつのった。

「じゃあ……友だち、とやらはいいのか」

ひろはきゅ、と眉を寄せた。シロが、ひろに誰かと一緒にいることを勧めるなんて、あまりなかったことだ。

今のシロはまるでひろと一緒にはいたくないような、そんな素振りに見えた。

金色の瞳はいつもひろを見る甘くとろける蜂蜜の色ではなく、天高く煌々と輝く、硬質な月の色のまま。ひろでは決して届かない所にいるように見えて。

「シロと一緒に行きたくて……ごめん」

ひろが思わずそうぽろりとつぶやくと、シロは慌てたように小さな白い頭を、ひろの頬に擦りつけた。

「いや行こう。……ひろと行くのなら、どの祭よりきっと楽しいに決まっている」

シロの声音は、ひろを慰めるようだった。

「林檎飴というのを食べたいんだ。丸ごとの林檎を飴に包んでいるんだろう？」

耳元で聞こえるシロの声は、不穏な空気はどこかに失せてしまって、すっかりいつも通りだ。互いをうかがうような緊張した空気がふわりとほどけて、ひろはやっとほっと息をついた。

シロがそれから、と言いつのる。

「細工物の飴も見たことがある、それも食べてみたい」

ひろはことさら明るい顔でうなずいてみせた。

「知ってる！　目の前で飴を使って、動物とか作ってくれるんだよ。シロの姿も作ってもらえるかもしれないよ」

「本当か!?」

シロの声が弾んだ。

「ひろ、おれはそれが欲しい！」

シロは人の手で作られた美しい菓子が好きだ。和菓子でも洋菓子でも何でも好きだが、それは人の丁寧で賑やかな営みが好きなのだと、ひろは知っている。

肩に視線をやると、その先でシロの金色の瞳が、好奇心で彩られていくのが見えた。よかった、大丈夫だ、いつものシロだ。

あの硬質な金色の瞳も、どこかおかしいシロの態度も、気のせいだったのかもしれない。ひろは半ば無理やり、そう思い込もうとした。

御香宮の中は色とりどりの屋台で埋め尽くされていた。

長い参道と迷路のような境内に、ずらりと屋台が並ぶ。この屋台は一週間にわたって、境内を賑やかに彩り続けるのだ。あちこちから漂ってくるソースや醬油(しょうゆ)の香ばしい匂いと、あてものや金魚すくいで盛り上がる子どもたちの歓声が、祭の賑わいに花を添えていた。

奥の本殿にお参りをすませたひろとシロは、人混みの中を屋台を見物して歩いていた。

「盛大だな……」

シロが、ひろのパーカーのフードから、布に上手く隠れるように肩越しにちらりと顔を出している。この位置はシロのお気に入りなのだ。

急に肩口でシロが伸び上がった気配がして、ひろは慌てて横を向いた。

「ひろ、あった！　あれが飴細工というやつだろう」

「わ、シロ！　わかった、わかったから」

肩に白蛇が乗っているなんてバレたら、大変な騒ぎになる。ひろはシロをフードに押し込んで、飴細工の屋台に歩み寄った。

屋台の前の台には、猫や兎、龍に金魚に蝶々、それから最近テレビで人気のキャラクターたちをかたどった、色とりどりの飴細工がずらりと並んでいた。

それを見たシロは、フードの中でどたばた暴れ回るほど、大興奮だった。

「……見事だな！　ひろ、おれを作ってもらってくれ！　早く！」

ひろはフードを押さえながら、千円を出して屋台の職人におそるおそる頼んだ。

「白蛇の形で、目は金色がいいんですけど……」

「ええけど、今年は巳年やあらへんえ？」

眉を寄せた職人にひろが無言のままうなずくと、首をかしげながらも、傍の缶からとろりと柔らかい飴を掬ってくれた。くるりと棒に巻きつけて、鋏と指先で形を整えていく。

無機質だった飴の固まりが職人の手で生き物のように姿を変えていく。

まるで命を吹き込むようなその手さばきに、ひろもフードの隙間から顔を出していたシロも、夢中になって見つめていた。

飴を受け取って、屋台から少し離れた能舞台の傍、人のいない暗がりで、ひろはフードからシロを出してやった。手のひらの上に乗せて、反対の手でもらったばかりの飴細工を見せてやる。

白い飴の蛇はつぶらな金色の目をしていて、棒に巻きつくように伸び上がっていた。

シロの金色の瞳がぶわ、と輝いた。

「……おれだ！　まるで生きているようだ……!!　あの飴の固まりから……本当に見事なものだな」

満足そうなシロの様子に、ひろが顔をほころばせていた時だった。

ところどころ透明な飴の鱗が、硝子細工のように祭の光を透かす。

神社の表がわっと騒がしくなった。祭を楽しんでいた見物客たちの流れが一斉に表へ向かう。

ひろは慌てて飴とシロを、一緒にフードの中に押し込んだ。

「シロ、行こう――傘がついたんだよ！」

御香宮の目の前、参道ではちょうど最初の花傘行列がついたところだった。

花傘行列はそれぞれの町内や集合場所から出発し、大手筋商店街を通って御香宮まで進む。ところどころで止まって、かけ声に合わせて傘を振って踊るのだ。その後行列は御香宮の参道前で踊り、境内から本殿へ進んで花傘を奉納するのが、一連の流れだった。

人混みの間を縫うように、ひろは御香宮の表門から続く階段を駆け下りた。フードの中で「むぎゅ」とか「ぐえ」とか声がする。

「シロ、大丈夫？」

階段の脇、灯籠の陰でこっそりフードにそう問うと、シロがするりと肩へ這い上がった。体全部で、大事そうに飴を抱えている。

「なんとか……飴のおれも無事だ――おぉ！」

自分の分身をしっかり確認していたらしいシロが、耳元で歓声を上げた。

「来たよ、シロ！　拓己くんのところだ」

ひろの視線の先で、どおん、と鮮やかな花傘が跳ね上がった。

流傘会の面々はそろいの法被で現れた。紺色に白地の染め抜き。『流』のひと文字が提灯のあたたかな光に照らされている。

拓己はその中央で、一番大きな傘を担いでいた。

肩から厚みのある布のたすきをかけ、その先端に作られた小さな筒に傘の先を差し込んで担ぐのだ。この大花傘を御香宮の門の前で振るのが名誉なのだと、拓己は得意そうに言っていた。

一度目の傘振りは、拓己の大花傘だけだ。

流傘会の今年の大花傘は、青色と銀色、アクセントにピンクの花を散らした流麗な傘だった。

「――よい、よい、よい、よい！」

紺色の扇を開いて、先頭で音頭を取るのは父の正だ。

かけ声に合わせて、拓己の足が跳ねた。

重い花をつけた傘は、どおん、どおんと中央から端にかけて波のようにうねり、先端から垂れ下がったプラスチックの花を夜空へ跳ね上げる。

そのたびに銀の花びらがちぎれて夜空に舞い上がった。

月明かりと提灯の明かりに照らされて、きらきらと降り注ぐ銀色の花びらが息を呑むほど美しくて。

ひろはじっとその光景に見入っていた。

一度目が終わったところで、拓己が隣にいたもう一人の担ぎ手に傘を譲った。そのまま膝(ひざ)に両手を置いて息を切らしている。剣道で鍛え上げていても、あの大花傘を振るのはずいぶんとこたえるらしい。

ぐう、とフードの中でシロの悔しそうなうめき声がした。

「…………跡取りにしては、やるな」

シロが絞り出すようにそう言うものだから、ひろは思わず笑ってしまった。仲が悪いように見えて、こういうところは存外素直に褒めるのだ。

ひろの視線の先では二度目の傘振りが始まる。今度は中傘から子どもたちの小さな番傘までが、一斉に跳ね上がった。きゃらきゃらとした子どもたちの声が混じる。

シロがぽつりと言った。

「懐かしいものだな……」

ひろはちらりと肩の上のシロに視線を向けた。

「シロは、昔の花傘祭も知ってるの？」

小さな白蛇が首を縦に振ったのが、気配でわかった。

「ここの祭は昔から風流傘(ふりゅうがさ)が出るんだ。それから神輿(みこし)に、猿楽(さるがく)をやっていた時もあったか。だがいつの時も変わらない、祭の日は皆が楽しそうだった」

シロの話がいつの時代のことなのか、ひろにはわからない。けれどシロは、遙(はる)か昔からこの地に棲んでいて、人の歴史を眺め続けている。

そうやってかつての話を語る時、シロの瞳はさびしそうにいつもどこか遠くを見ているようだった。

そういう時、シロのことをひろは少し遠くに感じるのだ。

シロが何を考えているのか、本当は問うてみたかった。

それは、今のわたしたちでは埋められないものなのかと。

けれど、とひろは自分の指先をきゅっと握りしめた。シロは人とは違う。その瞳の向こうで何を思っているのか、結局本当のところは、ひろに推し量ることなどできないのかもしれない。

気を逸らすようにわずかに首を振った先で——ひろはその姿を見つけた。

大花傘の担ぎ手がまた拓己に代わり、盛り上がりが最高潮になっている花傘行列の、その向こう側だ。

あの少女だ。

プリーツスカートに白いブラウスの、昨日現れた格好そのままで、手にはてっぺんに花が一つついた、番傘を持っている。

——あら、よい、よい、よい。

小さな声が聞こえた。

拓己の周りで、番傘を広げて踊る子どもたちを、じっと見つめている。

——あら、うんと、まかせ。

彼女が歌うようにつぶやいているそれが祭のかけ声だったのだと、ひろはようやく気がついた。

走り出しそうになったひろを、シロが引き留めた。

「——放っておけ、すぐに消える。あれは……儚(はかな)い夢の気配がする……」

「夢？」

ひろは、少女と肩のシロを交互に見た。

「ああ。誰かの見た夢があふれて、形をなしているだけだ。力も弱い、すぐに消えてしまうだろう」

ひろはためらうように少女を見つめた。

少女は花傘の輪に入ろうともせずに、ただじっと行列を見つめているばかりだ。けれどその瞳の奥が揺れているのに、ひろは気がついていた。

「……昨日、清花蔵にもいたんだ。ずっと花傘を見つめてた。なんだかすごくさびしそうなんだ」

シロが呆れたように嘆息した。

「ひろはすぐに、ああいうものに構いたがる。念のためだ、近づくなよ」

いいな、と念押しした後で、シロが吐息をこぼすように続けた。

「――だが、なんだかあれは、ひろに似ているな」

ひろはまじまじと少女の顔を見つめた。

どこかあどけない少女の顔は、眉はきりりとしていて唇は薄い。鏡で見る自分の顔と、そういえば既視感がある。

でもどこか決定的に違っていて――。

そこまで考えて、ひろは目を見開いた。

どうして最初に気がつかなかったのだろう。

「……あれ、お母さんだ」

――どうして、……やくそく、したのに。

悲しげな声でそうつぶやく少女には、確かに母の面影があった。

シロが怪訝そうな声で言った。

「母親？　ひろのか。……言われれば似ているな」

夢と聞いて、ひろも思い出した。

「こっちに帰ってくると嫌な夢を見るんだって、そういえば、お母さん言ってた……」

「ならあれは母親の夢の残滓（ざんし）か……」

シロが言った。

花傘を見つめて、さびしそうな顔をするあの姿が、母の夢なのだとしたら。あの子どもの姿の母はどうして夢からあふれてさまよっているのだろう。

祭が嫌いだと、そう言った母が見る悪夢が、花傘を見つめる自分なのだとしたら。

その声を拾ってしまったわたしに、何かできることがあるだろうか。

3

結局次の日も、ひろは母とゆっくり話す機会を持てないままだった。

今朝もひろが学校へ行く前に、母が大阪に用事があるとさっさと出て行ってしまったからだ。その目の下に、化粧で隠しきれない濃い隈が浮かんでいるのに、ひろは気がついていた。あまり眠れていないのかもしれない。

ため息をつきながら登校したひろに、青天の霹靂と言ってもいい誘いが舞い込んだのは、昼休みのことだった。

クラスで、祭に行こうという話が出たのだ。

ひろの通う深草大亀谷高校はおっとりした校風の私立校だ。とはいえ進学校でもあり、ひろたち三年生は受験の準備も佳境である。

この神幸祭はちょうど中間試験の前、模試の後という絶妙な時期で、少しくらい思い出作りにあててもいいはずだと、一部の女子が盛り上がった。

そしてクラスに決して馴染んでいるとは言いがたいひろにも、お誘いがあったのである。

「ど……どうしよう、椿ちゃん！」

ひろは隣の席の友人に助けを求めた。西野椿は、その豊かな黒髪をさらりと揺らして笑った。

「どうしようて、行ったらええやん」

長い黒髪に白い肌、その高嶺の花然としたたたずまいで、この友人は「椿小町」の名をほしいままにしている。

だって、とひろは言い訳がましくつぶやいた。

「こういう、クラスでどこかに行くってあんまりないから、すごく緊張する……」

今年の学祭の打ち上げも、ファミレスで椿の隣の席で小さく縮こまっていただけだった。

東京から転校してきた頃より、人付き合いは多少なりともマシになったと自分でも思う。ただそれは、クラスの中で他愛ない会話が何とかできるようになったとか、クラスメイトの顔を覚えることができたとか、そういうレベルでの話だ。

学外で集まるのは、また違った緊張感があった。

椿がくすりと笑った。

「このクラスももうちょっとやから、わたしは行きたい。ひろちゃんはどうしたい？」

椿もまた、ひろが学校の複雑な人間関係の中を、何とか泳いでいこうと四苦八苦しているのを知っている。

そう言われたら、ひろだってがんばってみようという気持ちになった。このクラスはあと半年もない。

「……わたしも、行ってみたい」

ひろは意を決してうなずいた。

授業が終わってすぐ、ひろは転がるように家に帰って私服に着替えた。ゆったりとしたワイドパンツにカットソー、いつもの白色のニットカーディガンを羽織る。

　御香宮の参道前で、紺色のシャツワンピースを着た椿が待っていてくれた。

　緊張でガチガチになっているひろの隣で、椿がふふ、と笑う。

「そんな、清水(きよみず)の舞台から飛び降りる、みたいな顔せんでも大丈夫やて。みんなもたぶん、ひろちゃんと話したがってるやろうから」

　ふふ、と笑った椿に、ひろはきょとんとした。

　本殿の横を通って、クラスの待ち合わせ場所である能舞台の前についた途端、明るい声がひろの名を呼んだ。

「来た！　三岡さんこっちー！」

　顔を上げると、同じクラスの大滝結香(おおたきゆか)がぶんぶんと手を振っていた。小柄で元気な結香はずいぶん涼しくなってきたというのに、Tシャツにショートパンツという出で立ちだ。吹奏楽部に所属している彼女は、クラスのまとめ役のような存在で、クラスに馴染もうと奮闘しているひろにもよく話しかけてくれるのだ。

　ひろは慌てて結香に駆け寄った。

「こ、こんばんは」

「ふふ、こんばんは。来てくれてありがとね」

結香が明るく笑ってくれるから、ひろもほうっと胸をなで下ろした。

十月の夕暮れは早い。待ち合わせた頃はまだ十分明るかったのが、あっという間に橙色(だいだい)の夕焼けになり、東からは藍色の帳(とばり)が下りようとしていた。

クラスの面々が集まってひと通り屋台を楽しんだ頃には、すっかり夜になっていた。

屋台を回るのにも飽きてくると、本殿の裏側の静かな場所でいくつかのグループに分かれて話し込むことになる。女子ばかり十人も固まって話すとなると、たいていは恋の話だった。

何組の誰が大学生と付き合っているとか、クラスのなんとかくんが同じ部活の彼女にフラれたらしいとか、そういう話にひろはまだ積極的に口を挟むことができない。元来恋バナというやつが苦手なのだ。

それでも一生懸命相づちを打っていると、話が途切れた頃合いで突然、女子の一人がひろに水を向けた。

「三岡さんは、誰か好きな人おらへんの？」

何か面白いことがないだろうかと期待が半分、相づちばかり打って会話に交ざれないでいるひろに、気を遣ってくれたのが半分というところだろうか。

一瞬息が止まりかけたひろが、我に返って無難に返答しようとした時。結香が横から爆弾を放り込んだ。

「っていうか、三岡さんは清尾先輩と銀髪の親戚の人と、どっちと付き合ってるん？」

「は……え……っ？」

ひろが絶句した横で、椿が口元を押さえて噴き出していた。場が一気に盛り上がる。

「三岡さんの親戚て、去年の学祭に来てはった人やろ。ものすごい顔きれいで人間離れした感じの人」

「清尾先輩と並んで歩いてたやんな。ギャラリーとかできて、すごかったよ！」

ひろは顔を引きつらせた。なにせ正体はシロである。

去年の今頃、シロが学祭へ行きたいとごねたあげく拓己の私服を借りて、人の姿で学校へ現れたのだ。ひろのクラスでやっていた和風カフェに顔を出して散々目立った結果、親戚だということにして無理矢理ごまかした。今思い出しても、胃がきゅっと痛くなる。

「三岡さんて清尾先輩とも仲良しなん？　それってすごない？」

ひろの高校は拓己の出身校でもある。剣道部で活躍していた拓己は、その面倒見のよさで在学中からずいぶんと慕われていたそうだ。

大学に進学した今も、剣道部の指導で高校に顔を出しているものだから、運動部を中心に未だよく話題に上がる。

つまるところ、歩いていて目立つのは拓己もシロも同じなのである。

ひろはしどろもどろに返した。

「拓己くんとは家がはす向かいなの。近所のお兄ちゃんって感じなんだ」

だからそんな期待するような関係ではないと続けるつもりだったのだけれど、逆に周囲の好奇心を煽る結果になった。

「幼馴染みってこと？　うわ、あんな近所のお兄ちゃん、うらやましいわ……」

それで、と彼女たちの目は興味津々だ。

椿がにんまりと笑うのが横目に見えた。嫌な予感がする。

「ひろちゃんは清尾先輩のこと好きなんやんな」

わあっと場が沸き立った。

「椿ちゃん！」

なんてことを言うのだ。ぶわっとひろの顔に熱が上がる。椿は気にした風もなくくすくすと笑った。

「ええやん。ここにいるみんなひろちゃんより、恋愛経験値高いし。ひろちゃんこういうのに関しては全然だめやから、いろいろ話聞いとかな」

結香がふは、と噴き出した。

「確かに、三岡さんそういうの詳しなさそやもんなあ」

周りの女子たちの顔が、一気に真剣になった。

「ていうか、清尾先輩を落とすんてハードル高すぎへん？　あんなんほっといても女集まってくるで」

「幼馴染みってだけで、三岡さんが周りよりちょっとリードしてるから、後は全面的にわたしらが手伝ったら、何とかならへんかな」

ひろ本人をそっちのけで、周りが盛り上がってしまっている。

自分の顔が青くなっているのか、赤くなっているのかもうわからないと、ひろが泣きそうな思いでいると、隣で椿がくすりと笑った。こっそりとひろに教えてくれる。

「みんなひろちゃんのこと知りたかったし、一緒に盛り上がりたかったんよ」

椿は人のことを意味なく勝手に話すような人ではない。この顔ぶれなら大丈夫だと信じていてのことだとひろもわかる。

目の前でクラスの子たちが真剣に話し合ってくれているのが、気恥ずかしくもあり——そうして少しばかり、うれしいと思うのだ。

結香がぱっと顔を上げた。

「三岡さんはさ、清尾先輩のどこが好きなん？」

「ええ……」

だが恥ずかしいものは恥ずかしい。椿に助けを求めてみるけれど、素知らぬふりで目を逸らされた。

「……いっぱい、ある」

ひろがもう半分やけになってそう言うと、おおっと周りから期待の声が上がった。

「優しいし、あと、一生懸命だし……」

自分の夢があって、まっすぐに前を見ているところ。誰にでもわけへだてなく優しいところ。面倒見のよいところ。

いつもひろを見つけてくれるところ。

その声が、一番鮮やかに耳に届くところ——。

「——ひろ」

一瞬、幻聴かと思った。

はっと振り返った先で拓己が笑っている。

ひろが目を見開いている後ろで、クラスの子たちのきゃあきゃあと楽しそうな悲鳴が聞こえて、ひろは気が気ではなかった。

「悪い、邪魔したか。ひろ見かけたから声かけてしもた。クラスで集まってるんやんな」

拓己が苦笑する。結香がひろの背を押し出した。

「いいえまったく。大丈夫です、どうぞ」

「どうも」

差し出されたひろの前で、拓己が冗談めかして笑う。

薄いニットにジーンズ、スニーカーで、バッグもなしで財布とスマートフォンを直接ポケットに突っ込んでいる。拓己にしてはラフな出で立ちだ。片手に重そうなビニールの袋を二つ提げていた。

「どうしたの？」

ぎこちなくなるのは、後ろでにやにや見ているクラスメイトたちのせいだ。

「お使い。母さんがどうしてもじゃがバター食べたい言うから」

「これ、蔵人さんたちの分も？」

ビニール袋の中には、白い発泡スチロールのパックがいくつも詰まっている。相変わらずぞっとするような量だ。

「ああ。じゃがバターとたこ焼きとたいやきとコロッケ。祭行くて言うたら、あれもこれも言わはるから」

ふふ、と笑う拓己が、ふいにひろの後ろに視線をやった。

「これで全員か?」

ひろもつられて振り返る。にやにや笑うクラスメイトたちと視線が合って、慌てて目を逸らした。

女子のグループがいくつかと、端で固まっている男子たちが、目を見開いて拓己を見ていた。あちこちで「清尾先輩や」という声が聞こえる。

拓己の声がほんの少し低くなったような気がした。

「……男子も一緒なんやな」

「うん。仲がいいクラスなんだ! ほとんど全員集まったんだよ」

クラスのことを拓己に話すのは、なんだか面はゆい。けれどクラスの集まりに参加しているということが、人見知りのひろにしてみれば誇らしくて、拓己に自慢してみたくなったのだ。

「そうか。よかったな」

拓己がそう笑ってくれるから、胸の奥がきゅう、と甘く痛む。

拓己はひろの後ろにいた椿に声をかけた。

「椿ちゃん、いつもありがとうな」

余ってるから分けて食べてや、とたいやきのパックを二つ椿に渡す。そのままひらりとひろに手を振った。

「ひろ、終わったらうち来ぃ。待ってたるからゆっくり楽しんできや」

ひろは大きくうなずいた。どのみち祖母も母も遅いので、帰ってから清花蔵へ顔を出す予定だったのだ。

実里へ何かお土産でも買っていこう、と思いながら手を振って拓己を見送っていると、後ろから痛いほどの視線を感じて、ひろは振り返った。

結香がぽかんとした顔でひろを見つめている。

「うわ、しっかり牽制（けんせい）していくやん、清尾先輩……」

な、と結香が椿に同意を求める。椿が頬に手をあててため息をつく。

「ずっとこうやから、もうこっちもやきもきしてもうて」

「もう付き合ってる距離感とちがうん、それ」

結香が呆れたようにつぶやくものだから、ひろは慌てて首を横に振った。

「違うよ。わたしがぼんやりしてるからだよ。拓己くんは面倒見がいい人だから」

ひろは困ったように笑った。

あのね、と内緒話を持ちかけるように、声を潜（ひそ）める。

「……拓己くんのことは、すごく好きだけど、告白するつもりないんだ」

みんながきょとんとこちらを見たのがわかった。
自分の気持ちを拓己に伝えるつもりは、今のところひろにはない。
拓己の優しさはわけへだてなく平等で、ひろだけが特別ではないと思うからだ。そして
それが自分だけならいいのに、と思うのが、きっと恋なのだとひろは知った。
もし告白したとして、この優しい人は真剣に受け止めて、けれど「手のかかる妹のよう
な存在だ」ということを、はっきり伝えてくれるはずだ。
そして今まで通りの関係でいようとしてくれるだろう、というところまで、ひろには簡
単に想像がついた。
それでもひろは、拓己の特別でいられないことが、苦しくてたまらなくて、きっと傍に
はいられなくなる。
そうなるぐらいなら、今まで通り幼馴染みのままでいたいと思うのだ。
つまるところひろには、情けないことに、拓己との関係を失ってでも想いを伝える覚悟
が、まだないのだ。
たくさん考えようとしてくれたクラスの子たちには申し訳ないけれど、と付け加えると、
結香がくすぐったそうに笑った。
「ええんよ。好き、なんてそれぞれやんなあ」

でも、と結香が続けた。

「わたし、ひろちゃんのそういう気持ち、わかるよ」

結香に下の名を呼ばれて、ひろは情けなさにうつむいていた顔を上げた。照れくさそうに結香が笑っている。

「ひろちゃんて、名前で呼んでもええ？」

ひろは慌ててうなずいた。その途端、ひろちゃん、とあちこちから呼ばれて、なんだか気恥ずかしい。

結香がたいやきのパックを空に掲げた。

「よし、ひろちゃんの失恋記念！　たいやきで乾杯しよ」

祭の夜空に笑い声がはじける。喧騒（けんそう）に浮かされてもみくちゃにされて、ほんの少し目尻に浮かんだ涙をひろは知らないふりをした。


清花蔵から戻ると、祖母も母もすでに帰ってきているようだった。実里から持たされたじゃがバターのパックと南京の煮物の器を手に、戸を開ける。

その途端、母の苛立（いらだ）った声が聞こえた。

「――だから、ひろはそんな学部になんて行かせないわ。だめよ！」

わたしの話だ。ひろは靴を脱ぎ捨てて客間へ駆け込んだ。

祖母と母は客間で向かい合っていた。母は半ば腰を浮かせていて、祖母は背筋を伸ばして正座している。ぴりりと空気が張り詰めていた。

祖母が帰ってきたひろを一瞥(いちべつ)する。

「ひろのことはひろが決めるやろ。この子はあんたに似て頑固やから、一回決めたら何言うたかて無理や」

祖母の声はじっと落ち着いていて、芯が強く揺らぐことはない。母はいらいらと畳(たたみ)を手のひらで叩いた。

「だから、お母さんに説得してって頼んだんじゃない」

どうやら、ひろの進路についてもの申したいので、祖母から説得するように頼んだ、という流れのようだった。

そのままひろを置いてきぼりにして話が進んでいきそうだったので、ひろは慌てて間に割り込んだ。

「待って、わたしの話でしょう。わたし、進路は変えないよ」

母も、そしてアメリカで仕事をしている父も、ひろの話をひろ抜きで決めてしまおうとする。今までずっとそうだった。

母はぎゅう、と額(ひたい)に皺を寄せた。

「だめよ。将来きっと困るわ。あなた勉強はできるんだし――せめて東京だっていいじゃない」

「ここがいいの」

「どうして……お母さんでしょ、この神社を継ぐようにひろに言ったんでしょう?」

母が祖母を見て、ため息交じりに言った。

母がひろのためを思ってくれているのはわかる。心配しているのも、東京では確かに心配されるだけの自分だったことも。

でもここで、ひろはいろいろなことを一人で決められるようになった。

「わたしが決めたの。わたしがこの神社を継ぎたいんだよ。もっとたくさん勉強して――自分の力をどう使って、何ができるのか。それを知りたいんだよ!」

あふれ出しそうになる気持ちに引きずられて、叫ぶように声が跳ね上がった。

ここで押し負けるわけにはいかないと思った。

「わたしのことは、わたしが決めたいの!」

高ぶった心がほろりと目尻からこぼれた気がした。ぽたりと畳に涙が落ちた瞬間。

縁側の向こう、蓮見神社の池から水が跳ね上がった。

母も祖母も同時に立ち上がる。

あの時と一緒だ。東京で初めてひろと母が喧嘩をした日、ひろはただ呆然(ぼうぜん)と泣くばかりだった。

何もできなかったひろを守ってくれた水は、家中を水浸しにした。

それは水神の加護で、シロの仕業だ。

だから、ひろはとっさに声を張った。

「大丈夫だから！」

頭の中に、月と同じ色の瞳で遠くを見つめる白蛇の姿がよぎった。

ひろはシロに、十分助けてもらった。

だからもう――自分で戦うことができるはずなのだ。

ひろが叫んだ途端、ぱしゃりと音を立てて池の水は静まった。池の向こうに一瞬白い人影が見えた気がしたけれど、そちらに意識を向ける余裕はなかった。

母が、震える唇を開く。

「こんなの――……まともに生きていけるはずがないわ」

それはひろの心をざっくり切り裂いたけれど、ひろはぎゅっと唇を噛んだ。手を握りしめて目を閉じる。

これまでこの力で拾い上げることができた、たくさんの人たちと、人でないものたちの心を思った。

ひろはゆっくりと目を開けた。

「──わたしは、これと一緒に生きていくために、勉強するんだよ」

それはひろの確かな決意だ。この力は人と、人ではないものと、そうして人の想いに寄り添うためにある。

ずっとそう思ってきたから。

降りしきる雨の中、シロは蓮見神社の境内で、雨の雫が池に波紋を描くのをじっと見つめていた。

秋の雨はしっとりと重く、空気は冷えてすでに遠くない冬の気配を孕んでいる。

ひろの方に視線を向けると、ひろの母親が立ち上がって客間から出て行ったのが見えた。

ひろはその背をまっすぐに見送って、小さくため息をついていた。

けれどその瞳には、怯えも困惑もない。祖母と何事か話しながら、笑ってみせるだけの気力もあった。

ここに来たばかりのひろは──いや、シロと出会ったばかりの幼い頃から、自然が好きで人の世界よりこちらに近いと感じることすらあった。

空を眺め風を感じ人でないものの話し声を聞き、手を引けばたやすくこちらに転がり込んできそうな、そんな危うさがあった。

だから守ってやらねばならぬと思ったのだ。

この腕で、手のひらで、力で、シロを見つけてくれたあの子が傷つかないように、大切に守ってやらなければ。

でも今は違う。

ひろは一人で立って歩けるようになった。友人をつくり、己の力を己のものとして誰かを救い、未来を決め——そうしてたぶん、恋をしている。

あの子を欲しいとそう思ったその瞬間から、ひろは自分のものだとすら、思っていたのに。シロの手をたやすく離れていってしまう。

「——……人の成長とは速いのだな」

シロは心なしか震える己の手のひらを握りしめた。

きっと、もうおれはいらない。

言いようのない想いが胸の中でうずいている。ここ最近、ずっとだ。

胸の奥が甘やかに痛む。今すぐひろの傍に寄り添ってやりたいのに、その姿を見ているだけで苦しい。

幾年生きた記憶のどこを探っても、こんなに揺らぐ感情の名前を見つけられない。

ひろの傍にいるだけで苦しい。

シロは眉根を寄せて、小さく息を吸った。

シロを誘うように、北へ向けて強い風が吹いた。

4

十月最初の土曜日が、二度目の花傘行列の日だった。

宵闇の帳が下りる頃、ひろは流傘会の法被を羽織って、清花蔵の前で拓己の手伝いに奔走していた。両手に番傘を抱えて、集まった近所の小学生たちに一つずつ渡していく。

「ひろちゃん！」

駆け寄ってきてくれたのは里見奈々だ。去年の地蔵盆で仲良くなった近所の小学生である。

地蔵盆や地域の行事を通して、ひろもずいぶんと地域に顔見知りが増えた。

「ひろちゃんも花傘行列に参加する？」

ひろはうなずいた。子ども用の番傘を振ることができるのは、流傘会では小学生までと決まっている。だが行列について歩くことはできるから、今日はひろも参加するつもりだった。

「一緒にがんばろうね。帰ってきたら、お菓子と甘酒もあるんだよ」

ひろがそう言うと、奈々がぱっと顔を輝かせた。

傘会の花傘行列に参加すると、子どもたちは皆ジュースやお菓子がもらえる決まりになっている。スーパーに頼んで作ってもらった、菓子を詰め込んだパックと小さなジュース、流傘会ではこれに清花蔵の甘酒がつく。これが案外人気があるのだ。

そろそろ行列が出発するという頃。その人影がひろの視界の端をかすめた。

母だ。

薄いイエローのカーディガンに白色のワイドパンツ、いつもより少しラフな格好に見える。毅然(きぜん)としたいつもの母ではなく、ふらふらと何かを追っているようだった。

ひろはその足元を見て眉を寄せた。いつものピンヒールではなくて、草履(ぞうり)だったからだ。

あれは蓮見神社の庭に下りるための草履だ。

曲がり角の向こうに消えていった母の姿を見て、ひろは胸騒ぎがした。

「ひろちゃん？」

不思議そうに自分を見上げる奈々に、ひろは持っていた番傘を渡した。

「ごめん、奈々ちゃん。すぐ戻るから」

母があんな中途半端な格好で出歩くなんてありえない。庭で何かを見つけて、そのまま追っているような、そんな風だった。

大手筋の人混みをかき分け、歩行者天国になっている参道を抜ける。花傘行列はすでに始まっていて、規制と人混みの中、母を追いかけるのは骨が折れた。

何度も見失いそうになりながら、ひろが母に追いついたのは、人気(ひとけ)のない御香宮の本殿の裏側だった。

そこでひろは、やっと母が追っているものの正体を知った。半ば呆然としたような声が、自分の喉(のど)から転がり落ちる。

「……お母さん」

母がひろの方を向いて目を丸くした。そうして決まり悪そうにふい、と視線を逸らす。

母が見ていたその先には、番傘を片手に、小さな少女がぽつりとたたずんでいる。

幼い頃の母だ。

存在感がない。風が吹けば消えてしまうだろうと思わせる希薄な気配だった。

――あら、よい、よい……。

母の額に、ぎゅうと皺が寄ったのをひろは見た。

「お母さん、あの子のこと見えてる……？」

母がぎゅっと唇を結ぶ。やがてため息と共につぶやいた。

「やっぱりわたしも、蓮見神社の子なのね」

声が聞こえているわけではない。姿も紗がかかったようにおぼろげだと母は言う。母が困ったように笑って、ぼんやりとたたずむ少女に目をやった。

「あれはわたしね……あのお洋服、覚えてるわ」

「そうみたい。……あれはお母さんの夢なんだって」

シロはそう言っていた。儚く、すぐ消えてしまうものだとも。

母はわずかに目を見開いた。目の奥で母の黒い瞳が揺らぐ。

「……そう……そうね。嫌な夢だわ。小学校六年生の花傘の日……約束したのに……」

ふいに子どもの姿の母がこちらを向いた。黒い瞳のずっと奥でゆらゆらと揺れている光が、見つめ合っている。

母が向き合っているのは母自身の過去だ。

子どもの姿の母は唇を嚙みしめてぴんと背を伸ばして。それでもなお、何かを諦めきれないように、じっと遠くに目をやっている。

「わたしね、世の中の人間はみんな馬鹿だと思っていたのよ」

母は絞り出すようにつぶやいた。どこか自虐めいた笑いを含んでいた。

――誠子は人よりもほんの少し、努力が上手だった。

運動も勉強も、努力すればその分成果は必ず返ってくる。それは誠子にとって難しいことでも何でもなかった。

誠子の通う小学校は、この辺りの商売人の子どもばかりが集まっていた。その子たちは誠子のことを水守誠子ではなく、「蓮見さんとこの子」と呼んだ。

土地と家と商売が密接に結びついた土地で、その呼び方は珍しいことではなかった。

蓮見神社には世話になった。すごいおうちの子なんだね、と言われるたび、最初はそれがうれしかった。母が人の役に立って褒められている。わたしはすごいおうちの子なんだと、誇らしかった時もあった。

けれど自分の努力が形になることを知ってから、それは誠子の首をゆっくりと締めつけ始めたのだ。

誰もが自分のことを、蓮見神社の子だとしか思っていない。水守誠子としての努力も実力もわかってくれない。

何より辛かったのは、神社を継ぐのかと問われることだ。誠子がつかみ取れるはずの未来を全部決められているような気がして、息苦しくて仕方がなかった。

誠子がその頃夢中になったのは、テレビや雑誌で見る東京の街だ。

誠子にとって東京は、努力と実力の世界だった。

いつかこんな狭いところを捨てて、あの街で一人で生きてってやる。少し早い思春期の加速する自意識を胸に抱えながら、誠子はいつだってそう思っていた。

だからこんな場所で停滞したまま、勝手に誠子の将来を決めつける馬鹿な友人なんて、一人だっていらなかったのだ。

――小学六年生の秋。

完全に孤立していた誠子に、たった一人声をかけてくれた男子がいた。名前も覚えていないけれど、クラスの中ではムードメーカーの活発な子だった。

「なあお前さ、こないだのテスト一番やったんやろ。すげえな」

それが何だ、とその子を一瞥して、誠子の心臓はどきりと鳴った。目の前で彼が屈託なく笑っていたからだ。

「……そんなの、努力しただけやから」

「ちゃうやん。それができるんがすごいんやろ」

へへ、と笑ったその子はぱっと走って行ってしまったけれど、誠子は目を丸くしてその背を見つめていた。

あの子は誠子の努力をわかってくれる人なのだと、愚かしくもそう思ってしまったのだ。

しばらくして、クラスで花傘行列に参加しようという話が出た。

待ち合わせは御香宮の本殿の裏、時刻は午後五時。

そしてその日初めて、誠子はクラスの催しに誘われた。

「全員参加やからさ、水守さんも行こ」

そう言ってくれたのは例の男の子だ。他の誰が言っても誠子は首を縦に振らなかっただろう。

でも声をかけてくれたのがその子だったから。

気の迷いで行ってみようかな、なんて答えてしまったのだ。

その男の子が目の前で笑ってくれるだけで、とてもうれしかったから。

新しいブラウスを着て、買ってもらったばかりのスカートをはいて。今思えば浮かれていたのだ。

柄にもなく心臓がドキドキと鳴るのを感じながら、待ち合わせ場所の本殿裏までやってきた時だった。

「――ほんまに来るんかな、水守さん」

女子特有の、くすくすという笑い声が聞こえて、誠子はそこで足を止めた。

「どうせ来うへんて」

「うちらのこと、馬鹿にしてるんやもん」

そうやってひそやかに聞こえるそれを、誠子はじっと聞いているしかなかった。

「なあ、お前が誘たんやろ。好きなん？」

お前、と呼ばれた男の子は、誠子に笑いかけてくれたその子だった。彼は苦い顔でつぶやいた。

「違うて、お前らが言うたんやで。おれが誘て水守さんが来るかどうかって」

誠子は、その時ようやく気がついたのだ。

ああそうか。

自分はくだらない遊びに巻き込まれただけだったのだ。小学生の悪意のない、馬鹿馬鹿しい遊びに。

誠子は、本殿に背を向けた。

やっぱり、ここはわたしのいるところではない。

わたしにはもっと華やかで鮮やかな世界がある。こんな子どもの馬鹿な遊びのせいで

──傷ついている場合ではないのだ。

母はひろの前で、唇の端を美しくつり上げて笑った。

「──小さな頃の記憶って、どんなに馬鹿馬鹿しくても忘れられないものね」

ひろは息を呑んだまま、母の話を聞いていた。

子どもたちは時に、何より無邪気で残酷になる。

高校までを京都で過ごした母は、その後東京の大学へ進学し、そのまま就職したと聞いている。

母はいつものようにくすりと笑った。視線の先の、かつての自分をあざ笑うように。

「中学や高校はもう少し上手くやったわ。あれが、わたしの最初で最後の失敗なのよ」

何でもないようにそう言うけれど、ひろは唇を噛んでうつむいた。

自分の道を見つけて歩んでいくと決めた、高い自意識とプライドと、同時にクラスに溶け込めない焦燥感と、初めての甘やかな──たぶん、恋。

全部がぐちゃぐちゃになって、未だ成熟しきらない十二歳の母の心をかき回した。

それは大人になった今でも、苦くて鮮やかな思い出として母の心に焼きついている。

母は、子どもの姿の自分にくるりと背を向けた。ひろは慌てて母の手をつかんだ。

「放っていくの？」

あんな風に傷ついたままの自分の心を、置き去りにしてしまうのか。

ひろは母の手を握りしめる。

「お母さんは、あの時本当は……その子と、クラスのみんなで花傘祭に行きたかったんじゃないの？」

母は何か言いたそうに唇を開いて。そうして――ふふと笑った。

その細い腰に手をあてる。指先まできれいに整えられたネイルのストーンが、祭の夜の光に妙にきらきらと反射して見えた。

「そんなこと、あるわけないでしょう」

長い睫をぱちりと瞬(またた)かせて、母は美しく笑った。その黒い瞳の奥を、泣きそうなほど揺らめかせて。

母は自分に背を向けたのだ。

去っていく母と、宙を見つめたまま悲しげにたたずむ少女を、ひろは交互に見た。

少女の薄い唇が開く。

——あら、よいと、まかせ……。


遠くから祭の喧騒が聞こえる。手には臙脂色の番傘。

ひろはその子に問うた。

「一緒に行こうか、お祭」

子どもの姿の母がゆっくりとひろを捉えた。黒い瞳の奥が揺らめいている。

ひろはその子に手を差し出した。眉を寄せてこちらを見てくる少女に、ひろは思わず笑ってしまった。

その表情が、今の母とそっくりだったから。

助けなんて必要ないと毅然と背を伸ばすくせに、心の中に隠しきれない柔らかい部分を持っている。

「花傘終わっちゃうよ。遊びに行こう」

その子は目をまんまるに見開いて。ほんの少し唇の端をほころばせた。

——……うん。

かすかな母の声を、ひろの耳は確かに拾い上げた。

人ではないものの声を聞く、この力を持って、まともに生きていけるわけがないと母は言った。それでもこの力と共に生きていくと決めたのはひろだ。

人ではないものと、そうして、大切で大好きな人の、本当の想いを聞く力だから。

ひろは見物客の人混みをかき分けながら、階段を駆け下りた。右手は子どもの姿の母の手をしっかりと握っている。

階段の下で、花傘がしなやかに跳ね上がる。夜空に流傘会の青色と銀色の花が鮮やかに散っていた。

流傘会の傘振りはすでに二度目で、大花傘の担ぎ手は一番手の拓己から、二番手にうつっている。

傘振りの二度目が終わった短いインターバルの間、番傘を手にした子どもたちが楽しそうに笑っている。すでにできあがった雰囲気に、ひろはわずかにひるんだ。

大花傘の担ぎ手が拓己に変わる。

一瞬、拓己がこちらに視線を向けた。目を丸くしてひろを見て、その傍にいる子どもに気づき、何かを察したのだろう。重い傘を片手と肩で支えて、もう反対の手で小さくこちらを手招いた。

それだけで勇気になった。

正のきりりとした声が空に響く。

「よい、よい、よい、よい――――！」

拓己が担ぐ傘が跳ね上がった。銀と青の美しい花傘だ。

ひろは母と手を繋いで、花傘の行列に飛び込んだ。

「ひろちゃん！」

奈々に呼ばれて、ひろは母の背を押した。

「友だちなの。交ぜて！」

奈々の瞳が不思議そうに揺れた。彼女もまたひろたちと同じように、夢の名残であることが見えるのだ。一瞬戸惑ってやがて奈々は破顔した。

「うん！」

奈々が母の手をつかむ。母は開いた小さな番傘を、どうしたらいいかわからないという風に、おずおずと振り始めた。

奈々がころころと笑う。

「雨でさしてるんとちがうんやから、ほら、もっと跳ぶんよ！」

――うん……！

母が、屈託なく笑って跳び上がった。

次第に動きは大胆になって奈々と肩をぶつけ合っては、きゃあきゃあと騒いでいる。

幼い頃ひろは、母は完璧な人だと思っていた。

けれど母には母の青春があって、悩みがあって、人生がある。努力と、それに見合った実力と自信で柔らかな心を守って、背を伸ばして都会を生き抜いている。

その内側に残ったほんのわずかなほろ苦い思い出もまた、母なのだ。


夜も九時半頃になると、屋台が火を落とし始め、祭は徐々に終わりを迎える。

清花蔵に戻って手伝いをしていたひろは、子どもたちを帰すのも一段落して、縁側でふうと一息ついていた。

「ひろ、ちょっとこれ食べてってや」

振り返ると拓己が、呆れた顔で盆を手に立っていた。盆にはそのまま屋台のビニール袋がいくつか乗っていて、拓己の手には綿菓子のシンプルな袋が引っかけられていた。

盆にはその他に氷の浮かんだグラスが二つ。中にはとろりとした甘酒が注がれている。

子どもたちに出した分の余りだろうか。

ひろの足元からからかうような声がした。

「おれにはないのか、跡取り」

シロだ。金色の瞳が夜闇にきらりと光る。拓己が目を見開いた。

「なんや、久しぶりやな白蛇」

神社に奉納した神酒が余っていると、拓己がシロの前に猪口を置いた。瓶から直接注いでやる。青い流水紋に銀色の傘が躍るラベルの『清花』は、この時期限定の仕様だった。

シロがふと笑った気配がした。ちらりと縁側に視線を投げる。

「――念のためだ。何が来るか、わかったものではないからな」

妙に不穏な物言いに、ひろと拓己はそろって顔を見合わせた。

それ以上シロが何か教えてくれるわけでもなく、機嫌よくちろりと赤い舌を出して、酒を舐める。

ひろは、拓己の持ってきたものに目を向けた。

巾着のようなビニール袋に入っているのは、色とりどりの金平糖やラムネ、串に刺さった苺飴やみかん飴に、さらに皿の上にはぶつ切りにされて見る影もなくなったチョコバナナが乗っている。爪楊枝が三本刺さっていた。

拓己がぶすりとつぶやいた。

「蔵人さんたちが、祭の土産にて買うてきてくれはったんやけどな……おれの小さい時の好物ばっかりや」

　ああ、とひろは苦笑した。清花蔵の蔵人たちは拓己が生まれる前からここで酒を造っている。幼い頃の拓己の好物を、今でも好きだと思っているらしい。

「おれ、もう酒の飲める歳やのにな」

　今の拓己は、甘いものはそれほど得意ではないはずだ。袋に三センチほど詰め込まれた金平糖を、苦い顔で見つめている。金平糖の屋台で、たくさんの種類からスプーンでひとすくいずつ入れるものだ。

　シロがひろの膝の上に伸び上がって、その金平糖を睥睨する。

「なんだ、風情のない色だな。おれは屋台で見たぞ。紫陽花とか紅葉とか向日葵とか名前がついて、それぞれ美しく色が混ぜ合わせてあったんだ！　それをまとめて全部一つの袋に入れたな！」

「あの人らにそんな繊細さ期待したらあかん。ほら白蛇、口開けろ。好きやろこういう甘いの。流し込んだるから」

　拓己がひょいひょいとシロを手招いた。シロがしゃあ、と赤い舌を見せる。

「うるさい、せめて季節で色を合わせてから持ってこい」

　ぎゃあぎゃあとやり合っている一人と一匹が微笑ましくて、ひろはくすりと笑った。

見上げると空にはぽかりと丸い月が浮かんでいる。

口の中でみかん飴がばきりと割れて、果汁が流れ込んできた。

金平糖も飴もチョコバナナも、いつも実里が用意してくれる菓子のような繊細な味ではないけれど、祭特有の喧騒とか熱とか懐かしさがあって、これも好きだとひろは思う。

ふと静かになって、ひろは見上げていた空から視線を下ろした。

シロが鎌首(かまくび)をもたげて、じっと庭を見つめている。

その視線の先を見てひろは息を呑んだ。

夢のかけらだという子どもの頃の母の姿がそこにあった。花傘が終わると共に、いつの間にか姿を消してしまっていたのだ。

「……お母さん」

ひろは思わず立ち上がった。シロが膝から転がり落ちるのを、慌てて拾い上げる。そのままシロはひろの肩へ這い上がった。

──あら、よいと、まかせ。

番傘を広げた少女はそう言って、その場でくるりと回った。

ひろが瞬きをした瞬間、くしゃりとその姿が崩れて傘だけが庭に転がる。

「傘を返しに来たんか」

縁側に下りた拓己が砂利へ足を踏み出そうとした時。

ひろの肩口からシロの声が飛んだ。

「跡取り、待て」

真剣な声音に、拓己の足が止まった。

シロの金色の瞳が宙を睨んでいる。小さな黒い燕が音もなく空を滑っていた。番傘の傍に滑り込んだ燕は、次の瞬間には何かを口にくわえている。

ひろは眉を寄せた。

小さな花びらだ。先ほどまで番傘についていた、銀色のプラスチックの花びらだ。

燕はそれをくわえて、月を裂くように飛んでいった。

——おまち、もうしあげ、て。

「何……？」

ひろは思わずそうつぶやいていた。壊れたラジオのような、ざらりとした不気味な声音だったからだ。

「どうした、ひろ」

「何かが、聞こえた気がして……」

辺りを見回しても、夜の静寂があるだけだ。

拓己がきゅう、と眉を寄せた。

「……あの燕は何やったんやろうな」

シロはそれに答えないまま、燕の飛んでいった先をしばらくじっと睨みつけていた。


神幸祭の本番は、日曜日の神輿の奉納である。

ひろは盛り上がる神輿行列を尻目に、母について近鉄桃山御陵前駅へ向かった。ここから京都駅までは十五分ほど。

今日は母が東京へ戻る日である。

京都駅は観光客の喧騒に満ちていた。この時期は修学旅行生たちの列があちこちで作られている。

母は鮮やかなグリーンのタイトスカートに黒の上等なニット、ピンヒールで颯爽と歩くものだから、歩くのも遅いひろはついていくのが大変だ。

この速さが母の速さで、東京の速さなのかもしれない。

あの嵐のような東京の喧騒の中を走り回り、仕事に没頭し、生き生きと輝く母をすごいと思うのも本当だ。

けれどひろ自身は、結局それについていくことができなかった。

疲れきったひろを満たしてくれたのは、この穏やかな伏見の地——母の故郷だ。

人にはそれぞれ、得意な生き方があるとひろは思う。それはゆっくりと変わっていくもので、この先もずっと同じだとは限らない。

けれど少なくとも今、母にはそれが東京のめまぐるしく動き続ける世界を切り裂いて進むことで、ひろはこの柔らかな米麴の匂いの地で、人ではないものの声を聞くことなのだ。

京都駅にほど近いホテルのカフェで、ひろは母と向き合った。

母の顔色はここ数日で一番よくなっている。

「昨日は眠れた?」

そう問うと、母が困ったようにまなじりを下げてうなずいた。

「ええ——……いい夢だったから」

思わずこぼれたのだろう。いつもは鋭い母の目尻が柔らかく下がっていて、ほんのわずかうれしそうに見えた。

　ふふ、とひろは微笑んだ。

「お祭、楽しかった？」

　母が目の前で目を見開いたのがわかった。手を引かれて、祭の喧騒の中で番傘を振って。きっとそういう夢を見たはずだ。

　母はやがて一つ息をついて、ふと笑った。

「あなたがやりたいことは、そういうことなのね」

　ひろがまっすぐにうなずく。鞄(かばん)の中からファイルを取り出した。進路希望用紙が挟まっている。

　後は、母のサイン一つだった。

　渋る母はぽつりとつぶやいた。

「……東京に戻ってこない？」

　ひろは首を横に振った。母と一緒に暮らしたいのは本当だ。けれど、ひろはあそこには住めない。

「京都でやりたいことがあるの、お母さん」

　母は困ったように微笑んだ。それでも娘を送り出すために、震える指先でサインをしてくれた。

新幹線に乗る母を見送ったひろが伏見へ戻ると、すでに祭はすべて終わっていた。屋台の撤収が始まり、アスファルトにはりつくプラスチックの花びらを、傘会の有志が回収している。

その祭の名残が妙にものさびしく感じた。

清花蔵に戻ってきたひろは、着替えるのもそこそこに縁側から庭に下りた。

「シロ」

庭を一周めぐって探してみるけれど、いつも応えてくれるはずの白蛇の姿はそこにはなかった。

京都の大学に通うことにしたと、シロに伝えるつもりだったのだ。ひろの行く末をずいぶん心配してくれていたようだから。

「……お出かけかな」

ここ最近、シロはよく出かけるようになった。大江山（おおえやま）に吉野（よしの）に鞍馬（くらま）や貴船（きぶね）。シロが見たものを一つ一つうれしそうに話してくれるのが面白いのだ。

もし出かけているのなら今日か明日あたり、きっとまたひろの部屋にやってくるだろう。

そうしたら今日、京都駅で買ってきた菊をかたどった季節の落雁(らくがん)を一緒に食べよう。

シロは、こういう細やかな細工の菓子が好きだから。

きっと一緒に。

けれどその日から、シロはひろの前から消えてしまったのだ。

三
山茶花の約束

1

十二月も末になると、貴船には雪が降り始める。

深い山の夜には静けさだけが満ちていた。川の流れるわずかな音をのぞいて、すべてが木々に呑まれてしまうこの静寂の中で、雪が地面に触れる音すら聞こえるような気がした。

はらはらと舞い散る雪片をぼんやりと見つめながら、シロはわずかに瞼を伏せた。今頃伏見も雪だろうか。

薄雲にけぶる冬の夜に、あの地に置いてきてしまった少女のことを思った。

ひろは寒がりで、毎年京都の底冷えにはまいっていた。眠る時には湯たんぽが必須だったが、不器用で熱湯を注ぐ時にやけどをしたこともある。

この寒さでは同じことが起きているだろう。大丈夫だろうか、とシロがそう思った時だった。

「――雪は北山までだ。南はよく晴れている」

シロの懸念をあざ笑うような、軽やかな声がした。

白銀の長い髪を靡かせてシロの隣に腰を下ろしたのは、紺の地に銀糸を織り込んだような振り袖を纏った少女だ。長い睫が瞬くたびにシロと同じ金色の瞳がのぞく。

彼女の名を花薄という。この貴船に棲む水神だった。

貴船はこの地が都と呼ばれていた頃から、雨や川、天候を司る水神が棲むと言われていた。彼女がその謂われの一端になっていることは確かだ。

シロは今、彼女が好んで身を置いている、小さな旅館の一室に転がり込んでいた。『先富』という高級老舗旅館だ。

部屋の名を『桃源郷』。

古くから大陸に伝わる理想郷の名を冠したこの部屋は、本館から離れた山の中腹に立てられた、小さく美しい離れだった。

以前シロはひろと共に、花薄絡みの小さな事件を解決したことがあった。その事件の中心となったのがこの『桃源郷』だ。

花薄はそれ以来、結局この部屋を好き勝手に使っているらしい。一応気を遣っているのか、また問題になると面倒と思っているのかは知らないが、客のいない時に限っていると言っていた。好き勝手動く調度品や、時折聞こえる歌に、最初は眉をひそめていた先富の主人も、いつからか諦めてしまったそうだ。

シロは縁側の先に広がる景色に目を細めた。

先富の主人には気の毒だが、花薄が気に入るのもわかる。桃源郷とはよく言ったもので、庭から望む貴船の景色は、それは見事なものだった。

南向きの庭には小さな池と松がちょうどよい塩梅に配置されている。その先には、雪にけぶる貴船の深い山々がずっと広がっていた。

春には桜、秋は紅葉、季節ごとにうつりかわる山の色を贅沢に眺めることができる。空を見上げれば、晴れていれば満天の星が、雨や雪の夜には柔らかな静寂を得ることができるだろう。

ここはシロたちのようなものにとって、まさに理想郷だった。

舞い落ちる雪片を見つめながら、シロは小さく息をついた。吐息に苦笑の気配が混じる。

「……時がこんなに長く感じるのは、久しぶりだな」

——紅葉が色づくより前、地の底でぐるりと丸まっていたシロは、ひろが自分を呼ぶ声を聞こえないふりをするのにとうとう耐えかねて、この貴船の地に足を向けた。

それからまだたったふた月。長く生き、人の時は瞬く間に過ぎると思っていたはずが、このふた月はシロにとって、辟易するほど長く感じた。

花薄は雪の舞う空を見上げた。

シロも花薄も互いに人の身ではないから、凍えるような寒さの中、縁側に身を投げ出していたところで、春の日だまりと大して違いはない。

「指月(しげつ)──」

花薄が薄い唇を開いた。

指月は、シロのかつての名だ。

空の月、川の月、池の月、盃(さかずき)の月。伏見の地では四つの月を観ることができる。四月──転じて指月。かつて伏見の南にあった大池の主として都の水を司る、月の瞳を持つ龍神(りゅうじん)の名前だった。

花薄は同じ月の瞳をきゅうと細めて嗤(わら)った。白い歯の隙間(すきま)から赤い舌がのぞく。

「女に袖にされて、昔の女のもとに舞い戻るとは愚(おろ)かしさもここに極まれりだな」

シロはぎろりと花薄を睨(にら)みつけた。

「違う」

そもそも花薄とは腐れ縁のようなものだ。時折酒を酌(く)み交わし、歌を愛(め)でるぐらいの関係を、千年だかそれ以上続けてきた。たったそれだけだ。

ひろは──。

「ひろは……欲しかっただけだ」

シロはぽつりとつぶやいた。

最近シロの胸の内に渦巻くこの感情を、なんと呼ぶのか自分でもわからない。

シロはぐしゃりと髪をかき混ぜた。

欲しい、ひろが欲しい。

その思いだけがどろどろとシロの中にわだかまっている。

ただ傍(そば)にいてほしい。手を離さないでほしい。

あの断水の夏の日、渇いて渇いてたまらなかったシロに手を伸ばしてくれたように。さびしくてたまらなかったこの心を埋めてくれたように。

この想いがせめて、恋慕うという甘やかなものであったらよかったのに、とシロは思う。

清花蔵の跡取りに、ひろが向ける想いのように。

ひろ自身が気がつく前から、あふれる感情に振り回されて毎日四苦八苦し、それでもうれしそうに瞳をとかすひろを、シロはずっと見てきたのだ。

このどろどろとしたものが、あんなに美しく柔らかいものであるはずがない。

己は人間とは違うものだから。

結局、人の心など解せるわけがないのだ。

隣に座った花薄の瞼が、硝子(ガラス)の帳(とばり)のようにはたりと瞬いた。

その瞬間、強い風がシロと花薄の髪を靡かせた。厚い雲が風に押し流され、舞い落ちていた雪片が山の向こうへ吹き飛ばされる。

冷たい空気の向こうに冬の夜空が現れた。玉を砕いたかけらを散りばめたような星が輝く。

こうして貴船の天気と雨を、もてあそぶように司るのが花薄だ。

「幾世生きてもままならぬのが、人の心というものだ、指月」

花薄の頬が紅をはいたようにうっすらと色づいた。瞳の奥がとろりと甘い蜂蜜のようにとける。

花薄は白い足を宙でぱたぱたと跳ねさせて空を見上げた。薄い唇が開く。

――月は船　星は白波雲は海　いかに漕ぐらん桂男はただ一人して……

いつか都で流行った今様歌だ。花薄はいつからか、好んで人の歌を口ずさむようになった。その声は高すぎもせず低すぎもせず、耳の奥で心地よく響く。

桂男は月に住むという男だ。月の船で星の波を渡る様をただ美しく描いた歌だと、花薄は言った。

異なる抑揚でしばらく続けた後、ふいに花薄は言った。

「人の心は面白いな。星に似ているのだろうと思うこともある。いつも綺羅(きら)と輝いているくせに妙に儚(はかな)い。目の前で輝いているのについぞ手が届かない」

シロもつられて夜空を見上げた。人の姿で晴れた夜空を見られるのは、今のシロでは、清廉(せいれん)な水の気配が満ちたこの貴船の桃源郷だけだ。

満天の星はなるほど、人々の心に似ているのかもしれない。儚くままならず、そのくせ目を奪って離さない。

それはひどく美しく――。

シロたちのようなものには、ついぞ手が届かないもののように思われた。

――美しい歌声が聞こえた。

誰かが自分を呼んでいるように聞こえて、ひろは蓮見(はすみ)神社の境内(けいだい)でふ、と空を見上げた。

一月の夜空はどこまでも深く透き通っている。

夜空に宝石をばらまいたように星が輝いていた。南の空に見えるひときわ明るい星はシリウスだ。

白い息を吐きながら贅沢な夜空を眺めていたひろの後ろから、声がかかった。

「――制服のまま、家にも入らんと何してんのや」

いつの間に帰ってきたのだろうか。振り返ると呆れたような顔で祖母が立っていた。

「おばあちゃん、おかえり」

「はい、ただいま。はよ家入り。風邪ひくえ」

「わ、ごめん」

ひろは慌てて家の鍵を開けた。ずいぶん長い間、外に立ち尽くしていたらしい。体の芯まで冷えきっている。

荷物を下ろすのもそこそこに、エアコンとストーブをつけた祖母が、まったく、とつぶやいた。

「ちょっとしっかりしたと思たら、すぐこれや」

「……ごめんなさい」

星の輝く空も冬の凍てつく風も、ひろにとってはどれもたまらなく魅力的だ。すぐに我を忘れて引き込まれてしまう。

着替えた祖母とひろは、台所に並び立った。祖母が早く帰る日は、ひろもこうして夕食作りを手伝うのだ。

「今日は鍋にしよか。大きい白菜をもろたんよ」

ひろがうなずいて、食器棚から大きな土鍋を引っ張り出している時だった。

白菜にざくりと包丁を入れた祖母が、顔も上げないままぽつりと言った。

「——最近、ひろのお友だちは来うへんのやね」

ひろは土鍋を持ったまま振り返った。

祖母がゆっくりとひろの方を見た。唇はわずかに微笑んでいて、瞳の奥は静かに凪いでいる。時折祖母は、こんな風に何もかもを見透かすような目をするのだ。

土鍋を置いてひろは祖母に向き直った。

「……おばあちゃん、やっぱり気づいてたんだね」

シロのことを、祖母に伝えたことはない。ただ知っているのだろうと漠然と思っていた。二人暮らしのはずなのに、いつからか祖母は菓子を買う時に、一つ多く買ってくるようになったからだ。

祖母は懐かしそうに目を細めた。

「——……そうやね。東京で、誠子からひろの話を聞いた時、あんたの傍には何かがいてるんやろうて思た」

ひろはゆっくりうなずいた。

「……いつも傍にいてくれたんだ。たくさん助けてくれたのに……わたし、大学に合格したことだって、その人に伝えられてないんだ」

――ひろの受験本番は十一月の末、紅葉が鮮やかに色づく頃に行われた。学校での成績に応じた推薦入試で、合格がわかったのは十二月の初め。

合格発表当日。清花蔵の客間に持ち込んだパソコンの前に、拓己と祖母に実里、正、そしてなぜか、手の空いている蔵人たちと、杜氏の常磐までが詰めかけた。

合格通知がメールで届いた瞬間、屈強な蔵人たちにぎゅうぎゅう抱きしめられて、苦しかったけれど、うれしくて面はゆかった。

次の日にはすぐにアメリカの父から連絡があって、母と三人でそれぞれ、パソコンの通話画面越しにジュースとコーヒーで乾杯した。

家族三人が違う場所に住んでいて、けれど画面の中で笑い合っていて。こういう家族のあり方が三岡家なのだと、その時ようやく腑に落ちたような気がする。

そうして祖母が知り合いだという料亭に拓己と三人で連れていってくれて、そこでもまたお祝いをして――。

たくさんがんばったと言ってもらって、京都に残ることも、ひろがやりたいこともやっと道が決まったのに。

たった一人――とても大事な友人に、そのことを伝えられていないのだ。

十月の初め以来、シロはひろの前に、姿を現さなくなった。

それ以来、なんだかずっと心の中が寒々しい。

いつも他愛ない話をしながらつまんでいた菓子は、一人だとどうしても食べる気がしないから、引き出しに入ったままになっていた。

祖母の包丁がざくりとまた白菜を刻んだ。何も言わないから、話を聞いてくれるということなのだろう。

ひろはぽつりぽつりと続けた。

「最初はね、蓮見神社の池で出会ったんだ」

ひろがシロと出会ったのはもう十年ほども前になる、断水の夏の日だ。

渇いたシロに水を飲ませてひろが名前をつけた。元々とても美しい名前を持っていたそうだが、シロはひろのつけたこの名がいいと、そう言ってくれたのだ。

それからずっと、シロはひろのことを守ってくれていた。

シロはひろのことをとても大切にしてくれた。それはかつて、シロが棲み家をすべて奪われたからで、そのすべての代わりにひろを求めていたからだ。

シロとひろの関係は最初、人と人が築くような愛情や友情という形では、きっとなかったとひろは思う。

けれどシロは、共に過ごすうちに少しずつ柔らかくなっていった。

遠出をするようになって、人の優しい営みと美しい景色の話をひろにしてくれて。シロはゆっくりと穏やかになっている。

シロもまた、自ら新しい道を見つけようとしているのだ。

ひろや、拓己と同じように。

だから、きっとこれから新しい関係を築いていけるとそう思っていた。

――それなのにシロはいなくなった。ひろに、何も言わないまま。

ひろはぽつり、と続けた。

「その人がいなくなって、一人でたくさん考えたの。何か気に障（さわ）ることをしたのかな。嫌なことを言っちゃったとか、触れたくないところに触れて、怒らせちゃったのかな、とか」

そしてひろはようやく気づいたのだ。

シロがあの金色の瞳でいつもどこを見ていたのか、そういえばひろは少しも知らなかったのだと。

「わたし、その人のこと何にもわかってなかった……」

だって、とひろはぐっとうつむいた。

「その人は、わたしたちとは違うものだから……」

　ひろはシロの本当の姿を知っている。

　月の色の瞳と、黒曜石の爪を持った、空を駆け上がる荘厳な龍の姿を。その月の瞳が硬質に輝いて、興味のないものには慈悲もなくただ冷たい存在だったことも。

　シロは人の理から外れた、傲慢で美しい――神様だから。

　結局ひろは、シロの本当の心の傍まではたどり着けはしないのだ。

　台所には、祖母が料理をする音だけが響く。とんとんと野菜を切る音、鍋の湯が沸騰する音、冷蔵庫を開けたり閉めたりする音。

　しばらくして、祖母が野菜を切る手を止めて、ようやく口を開いた。

「……相手とちゃんとわかり合うなんて、人間同士でも無理なんと違うやろか。それが友だちでも恋人でも、親子かて」

　祖母の瞳が鈍い痛みに揺れたのを、ひろは見た。祖母と母も、母とひろも、何年も一緒にいて、あるいは離れてみて、ようやく少し、互いのことをわかったような気がしている。

「完璧やなくてもかまへんの。大切なんは、諦めてしまわんと、その子のことを知りたいと思うかどうかやないかて、わたしは思うんえ」

　ひろはうつむいていた顔を、そろりと上げた。

　目の前で祖母が優しく笑っている。

祖母は近くの棚の中から小さな箱を取り出した。平たい箱の中には落雁が並んでいる。冬の落雁は、六角形の雪の結晶や雪だるま、椿の花と並んでいて、思わずひろは目を輝かせた。

祖母が落雁の箱をひろの手のひらに乗せた。

「それにね、わたしが知ってるその子は、こういう可愛いらしい季節のお菓子が好きで、ちっとも顔を見せてくれへん恥ずかしがり屋で――ひろのことをずっと守ってくれた……ただの優しい友だちやわ」

雪だるまが、つぶらな瞳でこちらを見つめている。

シロはきっと喜ぶに違いない。

ああ、そうかと。その瞬間ひろの中で、何かがすとんと腑に落ちた気がした。

もしかしたら、ひろとシロの間にあることはものすごく簡単なことなのかもしれない。

そう思ったからだ。

「そうしたら、ひろはどうしたいん？」

祖母が柔らかく問う。

ひろは結んでいた唇をほろりと開いた。

シロとひろは、ただ勝手に互いの心中を推し量って、知った気でいただけだ。本当に大切なことを置き去りにしたまま。

「……会って、話したい」

とても簡単で今まで気づけなかったことだ。

話して、知って理解しようと努力したい。

そう思ったらなんだか泣きそうになった。

「おばあちゃん、……わたし、シロと話がしたいんだよ」

祖母の手がひろの頭をくしゃりと撫でた。昔はもっと大きな手だったような気がするのに、今はずっと小さくて、骨張って皺だらけで、かさかさとしている。

でもひろの心はほっとあたたかくなった。

「その子も案外、ひろのことをもっと知りたい、もっと話したいて思うてたりしてね」

そうであってくれればいい。ひろはうなずいた。

目の前がさっと開けたような気がしていた。

このまま待つばかりで失ってしまうのは嫌だ。そう思ったから。ひろは決意を固めるように、強く手のひらを握りしめた。

次の日、ひろは学校が終わるとすぐに清花蔵を訪れた。

「おう、ひろちゃんおかえり！」

挨拶（あいさつ）もそこそこに、蔵人たちがひろの横を駆け抜けていく。

「ただいま……！」

ひろがそう返した時には、蔵人たちの姿はすでになかった。

清花蔵は今、一番忙しい時期を迎えている。

清花蔵の酒はすべて寒造り、今の季節が仕込みの最盛期だ。道路を挟んだ先にある『蔵』と呼ばれる工場と、清花蔵の直営店でもある清尾（きよお）家を、蔵人たちがひっきりなしに駆け回っていた。

ひろが台所に顔を出すと、そこも戦場だった。拓己の母、実里が額（ひたい）に汗しながら大量の食材と向き合っている。

季節労働の杜氏や蔵人たちは皆、秋から春にかけて清花蔵に住み込みになる。朝昼晩の三食に加え、夜通しの作業になる日には夜食や間食まで。実里は店や蔵の事務作業の合間に、四六時中食事を作っているような状態だ。

ひろに気がついた実里が顔を上げた。彼女が睨んでいた大鍋の中で、くつくつと輪切りにされた大根が煮立っている。

「ひろちゃんおかえり！　今日は鰤（ぶり）大根なんえ」

鍋から立ち上る香ばしい醤油の匂いに、ひろは顔をほころばせた。

「実里さんの鰤大根、すごく楽しみ！」

ほろほろの鰤の身も、出汁がじゅわっとしみこんだ大根も全部がひろの好物だ。しっかりと濃いめの味がついたこれは、蔵人たちにも酒の肴として人気が高い一品なので、今夜の食卓は争奪戦の予感がした。

「拓己くんは、まだお仕事ですか？」

ひろがそう問うと、実里が肩をすくめた。

「うん。朝からずっと蔵に入りっぱなし。年末からこっち、暇があれば入り浸ってるんえ。ようやく蔵に入れてもらえて張り切ってるんやわ」

今まで蔵に入れてもらえなかった拓己だったが、就職が決まった今年、ようやく父、正の許可が出た。それからはずっと仕込みの手伝いをしている。

年末も年始も、拓己は会えばずっとその話だった。

樽からふつふつと発酵している音がするとか、樽から立ち上る甘い麹の匂いだとか、蔵人たちが口ずさむ歌だとか。

仕込みが始まると、杜氏や蔵人たちに休みはほとんどない。その上拓己は卒業に向けて卒論の発表や諮問もあって忙しいはずなのに、目の奥は生き生きといつだって楽しそうで、話を聞くたびにひろもうれしくなるのだ。

「今日はもう戻ってくるやろうし、ひろちゃんこれ持って上がっといて」

実里が魔法のような速さで、盆の上に急須と湯飲み、それから瑠璃色の皿を用意してくれた。皿に白くて丸い大福二つと、どうしてだか小さなフルーツナイフを乗せてくれる。

「営業さんにもろたんやけどね、ちゃんと真ん中から、きれいに二つに切るんやで。びっくりするから」

実里の目がわくわくと輝いているのを見て、ひろも思わずつられて、笑みを浮かべた。

盆を手にいつもの客間へ入ると、ひろは縁側に続く障子を引き開けた。ひやりとした縁側に腰を下ろす。この時期は外の冷気を防ぐために、硝子戸が閉じられている。

その向こう側に見えるのは砂利の敷かれた中庭と、地下水をくみ上げる手押しポンプだ。そこからぽたり、ぽたりと落ちる雫が、石の受け皿に波紋を描いていた。

空は厚い雲に覆われて、鈍い陽の光のもとでは影もできない。夕暮れまではまだ時間があるな、とひろが思っていた時だった。

ひらり、と硝子の向こうに白いものが舞い落ちた。

「雪だ……」

ひろは思わず腰を浮かせた。

積もるような雪ではなさそうだったが、風に吹かれて自由に躍る雪片は、舞い落ちる花びらのようにも見える。

じっと見入っていたひろは、ふいにその美しい光景との間を、硝子戸に遮られているのが煩わしくなった。

おもむろに硝子戸に手をかけたところで、背後でぎしりと畳を踏む音がした。

「──やめとき」

ひろは振り返った。拓己が呆れた顔で立っている。

一月も半ばだというのにＴシャツ一枚で、それも短い袖をさらに肩までまくり上げていた。腰で脱いだつなぎの上半身を縛っていて、うっすら汗すらかいている。

「……でも」

ひろは未練がましそうに雪の降る中庭に視線をやった。拓己が苦笑する。

「相変わらずやな。でも今日はよう冷えるし、風邪ひくから窓開けるんはやめ。部屋ん中からやったら、好きなだけ眺めてたらええよ」

ひろは自然が好きだ。それは幼い頃から変わらない。空を流れる雲の行方を追い、風に混じるたくさんの音を聞き、道ばたの花を時間を忘れて眺めていられる。

そうやってあちこち勝手にふらふらしたり、立ち止まって動かなくなるひろの手を、いつも握っていてくれたのは他ならぬ拓己だった。

「着替えてくるし。そしたらお茶にしよう」

そう言って、拓己が足早に階段を上がっていった。

別にそのままでもいいのに、とひろは少しだけそう思う。

拓己はあれで存外きっちりしているから、外出する時はジャケットや上等のニットなど、それなりに見栄えのする服を着る習慣がある。

だからああいう服を着た姿を見られるのは、今ここだけなのだ。

それはひろが持つことのできる、なけなしの優越感だった。

──高校時代の拓己は、いつも優しくて面倒見のいい先輩だったそうだ。

大学生になった拓己の周りにだって、誰にでも手を差し伸べるその優しさに、たくさんの人が自然と集まってくるのだ。

拓己の優しさに惹かれて恋をしていた人もいた。彼女たちすべてに拓己は真摯だったけれど、結局想いに応えることはなかったように思う。

ひろも、たぶんその一人だ。

拓己の優しさの恩恵を受けて、そうして恋をした。

この想いを告げるつもりはひろにはない。

拓己の、汗を垂らしながら米袋を懸命に運んでいる姿や、鬱陶しそうに前髪をかき上げて、蔵人たちと真剣に麴の配分について悩んでいる姿。

そして何より、蔵に入ることができると決まった時の、感極まったような——見ている方が泣いてしまいそうになるほどの笑顔を、幼馴染みとして傍で見ることを、ひろは選んだ。

ひろはこの恋を諦めてしまったのだ。

ふわりと甘い匂いがして、ひろは振り返った。米の発酵する、酒造りの匂いだった。

「……拓己くん、まだ甘い匂いがする」

濃い色のカットソーにデニムで客間に入ってきた拓己は、すっかりいつもの姿だった。ひろの横に座り込んで、己の袖口をすんすんとかいでいる。

「さっきまでずっと樽の傍にいたからやろな。もう自分では全然わからへん」

台所に寄ったのだろう、拓己は湯の入った電気ポットを抱えていた。盆の上に乗っていた大福とナイフを見て、合点がいったとばかりにうなずく。

「これか、母さんがええもんもろたて言うてたん」

ひろがポットから急須に湯を注いでいる間、拓己が幾分慎重な面持ちで大福にナイフを入れてくれた。首をかしげていると、拓己がひろを手招く。

「ほら」

拓己が、大福をぱかりと二つに割ってくれた。

「……わ！　みかんだ！」

ひろは目を丸くした。

小さなみかんが白あんの中に丸ごと入っている。きれいに二つに切られた断面は、橙色のみかんが白い野に開く鮮やかな花のように見えた。

「実里さんが、きっとびっくりするって言ってたの」

「母さんもこういうの好きやからな。ほらひろ、こっちは苺」

拓己も自分の分を二つに切った。大粒の苺がこしあんの中で宝石のように輝いている。

「えっ……苺も美味しそう……」

見た目も美しい白あんのみかんと、大福の大定番でつやつやと輝く苺の間を、ひろの視線がうろうろとさまよう。向かいで拓己が、くっと喉で笑う声がした。

「どっちも食べたいんやろ」

ひろは、うっと詰まった。どちらも魅力的なのは確かで、でもどっちも欲しいなんて子どもみたいで、少し恥ずかしい。

言いよどんだひろをよそに、拓己は自分の皿から苺大福の半分をひろの皿へ乗せ、みかん大福の半分をさらっていった。

「ほら、半分こな」

——こんなの、ずるいと思うのだ。

ひろは勝手にほころびそうになる頰を、必死で引き締めた。

諦めると決めたのに。こんな風にすぐに甘やかすものだから。ひろの心はぐらぐらと揺れてどうしようもない。

気を紛らわすように頰張った大福は、なんだかいつもよりひどく甘い気がした。

大福を食べきって、湯飲みの茶も半分ほどなくなった頃。ひろは居住まいを正して拓己に向き合った。

「——拓己くんにお願いがあるの」

拓己が湯飲みを持ち上げようとしていた手を止めた。

「……白蛇のことか」

ひろはうなずいた。膝の上で、ぎゅっとこぶしを握りしめた。

「どうしても、シロと話がしたいんだ」

ひろは、ほろりとそれを口にした。拓己が黙ってうなずいてくれる。

「シロがどうして、何も言わずにいなくなっちゃったんだろうって思ったの。……それで、シロのことなんてわたしにわかるはずがないんだって……どこかで諦めてたんだ」

でもね、とひろは意を決したように前を向いた。

祖母は言った。完璧にわかり合うなんて、人と人でも無理なのだ。だから必要なのは知りたいと思うことなのだと。

「わたし、完璧じゃなくてもいいから、シロとわかり合いたいって、今は思う」

シロに聞いてほしい話がある。

どうしてひろが蓮見神社の跡を継ぎたいと願ったのか。シロの与えてくれた力と共に生きることを選んで、そのためにひろが何を決めたのか聞いてほしい。

同じだけシロから聞きたいこともあった。

一番好きなお菓子、雨と雪はどっちが好きなのか。何色の花を美しいと思うのか。

人間よりずっと強い力を持っていて、長く生きているというのに、シロはいつもさびしそうだったから。せめてそのさびしさはひろと出会って少しでも満たされたのだろうか。

——人間と、友だちになってくれるのだろうか。

次々とひろの口からこぼれ落ちる。それは舞い落ちる雪片が夜の庭を埋めていくのに、よく似ていた。

ひろはまっすぐ拓己を見つめた。

「だから力を貸してほしいんだ、拓己くん」

拓己はしばらく、庭を舞う雪にじっと目をやっていた。そうしてやがてふ、と苦笑する。

「しゃあないな」

そう言っていつだってひろを甘やかすように拓己が笑ってくれるから。

「ありがとう、拓己くん」

ひろは心置きなく前に進むことができるのだ。


重苦しい鈍色の空から、真白の雪片がこぼれ落ちる。

吐く息が白く立ち上るのを尻目に、拓己は中庭の奥へ続く木戸を開けた。その先には『内蔵』と呼ばれる場所がある。

清花蔵は神酒を造る蔵だ。

この内蔵では、神のための酒、神酒『清花』が仕込まれている。蔵元である正と杜氏、そして数人の蔵人だけで昔ながらの手法で作られる、本物の神酒だ。

古くは太閤、豊臣秀吉の時代。城下を整備するために川の形を変え池を埋めた。その時荒ぶる都の水の神々に捧げるために、神酒を造り始めたのが清花蔵だといわれている。

ひろはその『清花』が欲しいと言った。それを持ってシロと話をする。居場所の見当はついているから、と。

雪に降られた庭の中に、ぼんやりと蔵が浮かび上がっていた。

黒く焼いた板で囲われた漆喰（しっくい）の蔵は、強くなる雪の中で清廉な気配を保っている。戸口には太いしめ縄が渡されていた。

拓己は蔵を前に、一つ息をついた。

――拓己にはシロがいなくなった理由が、わかるような気がしていた。

ひろだ。

大切に守り続けてきたひろは一人で歩き出そうとしている。

もう、己の手は必要ないと、きっとシロは気がついてしまった。

そのひろの成長が誇らしくうれしい気持ちと、どうしようもなくさびしく不安な気持ちは、拓己の中にずっとうごめいているものと、きっと同じなのだ。

どうやらあの白蛇は拓己たちが思っているよりずいぶん人間らしくなって、人の心というものに振り回されているらしい。

拓己はちらりと傍（かたわ）らの幼馴染みを見下ろした。

細い指先を胸の前で握り合わせている。きっと頭の中には、シロを迎えに行くことしかないのだろう。

……迎えになんて行かなくていいのに。話なんてしなくてもいいのに。

うっかりそう口に出してしまうところだった。

結局自分は、ひろがあの白蛇を友だちだと大切にすることが、気に食わないだけだ。

「拓己くん？」

ひろがきょとんと見上げてくる。何でもない、と拓己は首を横に振った。

いつもおどおどと目を逸らしてばかりいたひろは、人の目をまっすぐ見るようになった。蔵の前に覚悟を決めて立つこの子が、そのまっすぐな目であの恐ろしいかつての神と話をすると、もう決めてしまったから。

拓己に断ることなどできるはずがないのだ。

複雑な胸中を飲み込んで、拓己は再び一つため息をついた。そうして苦い顔で内蔵を見上げた。

——だが、それも今の内蔵の事情が許せばのことだけれど。

拓己はしめ縄をほどいて内蔵の戸口を開けた。

「——父さんに言えば、『清花』を分けるんはかまへんと思う。でも……」

これはまだ正と杜氏の常磐、数人の蔵人。そして拓己しか知らないことだ。

薄暗い裸電球の中、大きな樽が二つ空のまま置かれている。必要な道具はすべて洗い準備は整っているにもかかわらずだ。

その光景を見て、ひろが息を呑んだ気配がした。

「……今年、内蔵の『清花』はまだ仕込みもできてへんのや」

時期だというのに何の仕込みも行われていない蔵は、寒々しくどこか暗い。ひろはふるりと一度身震いした。

——酒を仕込むのに必要なのは、なんといっても水と米だと、拓己は教えてくれた。

水は花香水と呼ばれる地下水だ。

伏見の地下には伏流水という地下水がなみなみとたたえられている。清花蔵もそこから水をくみ上げて、仕込みのほとんどの行程に使用していた。

米は久御山の農家から清酒用の米をまとめて買っているらしい。それは普通の酒も内蔵の酒も、大差ないと拓己は言った。

「それから、麹と酵母やな」

拓己が隣で指折り数えながら言った。

「米を発酵させな酒にはならへん。まず麹菌が酵素を出して、糖化いうんが起こる。その糖を酵母が——……」

段々と複雑な話になってきて、ひろはついていくので精一杯だった。

酒の話になると拓己は饒舌だ。ひろの頭がいっぱいになってきたのがわかったのだろう。拓己が一度言葉を止めて苦笑した。

「とにかく麹とか、酵母とかが、酒を造るのにはものすごく大事な役割を持ってるんや」

酒の味や香りを決める要素の一つが、その麹だと拓己は言った。

麹菌は発酵に必要な黴の一種で、粉のような『種麹』を蒸した米に蒔く。一日足らずで麹菌が蒸米に行き渡り、米は白く花が咲いたようになるそうだ。

「内蔵の酒は、『花山』ていう特別な種麹を使うてるんやけど……それをうちに卸してくれてる、花木さんいう古い家があってな」

拓己がそこで言葉を濁した。ためらうように視線を泳がせる。困っているけれど、ひろに話すかどうか迷っている。そんな風に見えた。

「そのおうちがどうしたの？」

ひろが問うと、やがて拓己がため息交じりにつぶやいた。

「その家の、今のご当主が……眠ったまま目ぇ覚まさへんのやて」

ひろはわずかに眉を寄せた。

2

清花蔵の裏手には宇治川派流という細い川が流れている。豊臣秀吉の時代に、舟運を整備するため、宇治川から切り離して作られた人工の川だ。

この時期は流れる水量も少なく、左右の岸も細い柳の枝が揺れているだけで、どこかものさびしい雰囲気が漂っていた。

派流の橋に続く道路を、ひろはふてくされたように歩いていた。

「……もっと早く相談してくれればよかったのに」

内蔵の酒の、本来の仕込みは十二月初め。拓己の父、正と杜氏の常磐が、花木家を訪れて事情を聞いたのは十二月の中頃だったという。

拓己の足音が、後ろで聞こえる。

拓己はいつだってひろよりほんの少し前にいて、その大きな背が見えるのが当たり前だったから、それがなんだか落ち着かない。

後ろで拓己が苦笑する気配がした。

「その頃なんて、ひろも期末試験の最中やったやろ。受験合格したとはいえ、大事な試験や。仕込みの時期は多少押してもええから、様子見よかいうことになったんや」

確かにその頃この話を聞いていれば、たぶんひろはいても立ってもいられなかっただろう。自分の力が役に立つのならと、いっそ勢い込んでいたかもしれない。

そうなれば試験がどうなっていたか火を見るより明らかで、拓己はたぶんそこまで見透かしていてひろに言わなかったのだ。

それでも知りたかった。ひろはそう言いそうになる言葉をぐっと飲み込んだ。

ひろはゆっくりと歩みを緩めた。拓己の足音がゆっくりと並んで、いつも通りほんの少し先を歩く。

それだけで、ひろはずっとほっとした。

「期末も、受験も終わったしお母さんやお父さんとも、ちゃんと話し合ったよ。だから……今なら大丈夫だよ」

顔を上げると拓己の大きな背中が見える。そうしてふと拓己が振り返って、ひろに柔らかく笑いかけるのだ。

「そうやな。それやったら、助けてもらおか」

冗談交じりにそう笑うから。ひろは慌てて視線を逸らした。

この人の助けになることがどれほどひろの心を満たすのか。きっと拓己には、想像もつかないに違いないのだ。

派流の橋を渡る手前に細い路地がある。進むと、目の前に大きな門が立ちはだかって、ひろはそれをまじまじと見上げた。

左右の石柱から、ひろの頭ほどまである背の高い門が伸びている。色は緑青。何度も修理の痕が見える古い門だった。石柱には『花木』と小さな表札がかけられていた。

拓己がその門を押し開けた。ぎぃぃ、とさびついた蝶番が軋む音がする。

風がそよいで、ひろの頭上でざわりと音を立てた。大きな木が門に覆い被さるように立っている。山茶花だ。真白の花が咲いていた。

短い石畳を挟んで、瓦屋根が複雑に重なる二階建ての邸が見える。

拓己が先に立って歩き出した。慌ててひろもその背を追いかけた時だ。

——ひい、ふう、み、よ、いつ、む、なな……。

その声を拾って、ひろははっと後ろを振り返った。

てん、てんと赤色の鞠が跳ねている。拓己とそこを通った時には、誰もいなかったはずなのに。

緑青の門の傍で、少女が鞠をついていた。

薄桃色の着物に半纏(はんてん)を羽織っている。大人用のものなのだろう、半纏は少女の膝ほどまであった。

とん、とんとついていた鞠を抱えて、少女はふ、と真白の山茶花の枝を見上げた。

──兄様は、いつお戻りか。

息が詰まるほど、悲しい声だった。少女は、門と、その横の山茶花の木をじいっと見上げている。

ひろが声を拾っているから、あれは人ではないものだ。

ひろが声をかけようか迷っているうちに、少女の姿はすっと消えてしまった。残滓(ざんし)のように悲しげな声だけが、ほろりと続く。

──ひい、ふう、み……よ……。

やがてそれも、風に紛れて消えていった。

ひろは胸の奥がじくりと痛むのを感じた。あの少女は誰なのだろう。どうして、あんな悲しい声で歌っていたのだろう。

ひろと拓己が通されたのは、日当たりの良い十畳ほどの客間だった。

障子は開け放たれ、縁側の先には清花蔵と同じように硝子戸が設けられている。

卓に湯気の立つ茶と、ふっくらしたまんじゅうが細長い皿に一つずつ盛られていた。

その卓を挟んで、ひろと拓己の前に腰を下ろした男は、花木潤一と名乗った。ひろの父ぐらいの歳で、細面で気の弱そうな印象だった。

ひろは慌てて頭を下げた。

「初めまして。三岡ひろです。清尾拓己くんの知り合いです」

潤一が戸惑ったように、拓己とひろを交互に見つめる。拓己が真剣な顔で潤一に言った。

「この子は蓮見神社の子です。……志津さんの件、何とかできるかもしれへんて連れてきました」

潤一の目が大きく見開かれた。絞り出すようにつぶやく。

「あの蓮見さんとこの……」

京都は水に囲まれた土地だ。南には宇治川、東に鴨川、西に桂川。地下には伏流水が広がり、北の山には水神を祀る。

染め物屋、紙屋に酒造と、水に関わる商売も多いこの土地で、まことしやかにささやかれている言葉がある。

水のことは、蓮見さんへ。

水やこの地に関わる不可思議なものの相談にのることが、今は祖母が担い、そしていつかひろが跡を継ぎたいと思っている、蓮見神社の生業だった。

潤一はうつむいて、両手を温めるように湯飲みを握りしめた。

「……志津は、ぼくの母で――……この花木家の当主です」

潤一がぽつりと言った。

「うちの花木家は、昔は種麹屋をやっとったんえ」

もやしや、とひろは首をかしげた。拓己が隣で教えてくれる。

「酒を造るには麹が、その麹を作るためには、種麹が必要やて言うたやろ。昔はその種麹を『もやし』て呼んでたんや」

花木家は江戸時代、京都に何件か存在した種麹屋の一つだった。醤油や味噌、酒造りのための種麹をそれぞれの蔵元へ卸す商売である。

潤一は困ったように笑った。

「そうは言うても商売自体はとうの昔に畳んで、今は普通の家です。麹を扱うところもずいぶん減ってしもて、今は全国に数えるほどしかあらへんて聞いてます」

潤一自身も、今は食品メーカーに勤めているサラリーマンだそうだ。

種麴屋としては商売を畳んでしまった花木家だが、唯一守り続けているのが、清花蔵の内蔵でのみ使う種麴、『花山』だった。

本当なら毎年仕込みの始まる十一月から十二月の間に、清花蔵に『花山』を届ける手はずになっている。

だが、と潤一は言葉を濁した。

「『花山』は、当主である母やないとわからへんのです。今年も、さて用意しよかて、そういう頃に……──」

潤一は悲痛な声で絞り出すように続けた。

「母が──眠ってしまったまま、目覚めへんようになってしもたんです……」

潤一に案内されたのは、客間のすぐ傍にある日当たりのいい八畳間だった。小さな茶簞笥と文机が一つずつと、部屋の隅に座布団が二つ。床の間には山茶花が描かれた掛け軸が飾られている。

その真ん中に、花木志津は静かに眠っていた。

細く瘦せた老女だ。布団から見える首が枯れた枝のように細く、かさかさとしている。

胸の上の布団がかすかに動いているのを見て、やっと息をしているのだとわかった。

拓己が沈痛な面持ちで目を伏せた。

「もうどれぐらいにならはるんですか」

「ひと月半ほどになるやろか……」

潤一がため息と共に答えた。

水も食べ物も受けつけず、志津はただ緩やかに弱っていくばかりだそうだ。医者に診せても原因もよくわからないと言われるだけだった。

潤一が傍に置いてあった手桶を引き寄せて、タオルを浸して絞った。丁寧に母の顔を拭っていく。愛おしむような優しい手つきで、目覚めない志津を心配していることがありありとわかる。ひろは胸が締めつけられるような思いだった。


――ひい、ふう、み、よ、いつ、む、なな……。


ひろははっと顔を上げた。またあの声だ。少しためらって潤一に声をかける。

「……あの、お庭を見せてもらってもいいですか?」

潤一は戸惑ったようにうなずいた。ずいぶん唐突な申し出に感じたのだろう。

ひろは障子を開けて縁側に出た。そこから見える広い庭は芝生が敷かれ、小さなベンチとテーブル、隅の方に三輪車や玩具が転がっているところを見ると、潤一には幼い子どもがいるのかもしれない。隣の客間の縁側からは、庭に張り出すようにウッドデッキが作りつけられていた。

その芝生の向こう、緑青の門の傍でまた鞠が跳ねたのを見たひろはじっと目を凝らした。

少女の小さな手が、赤色の鞠をとん、とんとついている。

あ、とひろが思った瞬間、少女が鞠をはじいた。転がった鞠を拾い上げて唇をぎゅうと引き結ぶ。今にも泣いてしまいそうに見えた。

――兄様は、志津とのお約束を、お忘れか。

ひろは目を見開いた。

志津、と確かにその少女が言ったからだ。

「ひろ？」

呼びかけられてはっと振り返ると、拓己がすぐ傍でこちらを見つめていた。部屋の中に視線を向けると、潤一は熱心に志津の世話をしている。

拓己はひろの視線の先に目をやってわずかに眉を寄せた。

拓己にもあの姿が見えているのだとわかった。

「――……聞こえたんか」

拓己の問いにひろはうなずいた。人ではないものの不思議な声のことだ。

ひろは庭で山茶花の木を見つめて動かなくなってしまった少女と、眠ったまま目覚めない布団の中の老女を交互に見つめた。

ひろはためらうように、拓己を見上げた。

「……あの子、志津さんかもしれない」

拓己がきゅっと眉を寄せた。

「志津さんて……今、眠ったはる？」

ひろはうなずいた。

「あの子、自分でそう言ってた。それから兄様と約束した……って」

拓己は訝しそうに首をかしげた。

「志津さんにお兄さんがいてはるなんて、そんな話聞いたことあらへんけどな。そもそも志津さんが一人娘やからて、養子きてもらわはって花木家を継いだんやて。常磐さんはそう言うたはった」

その時ぱたりと音がして、ひろと拓己は同時に振り返った。その先で潤一の手からタオルが滑り落ちている。呆然と、縁側にいるひろと拓己を見上げていた。

「……どこでそれを……？」

ひろは拓己と顔を見合わせた。この力で知り得たことを人に話すのには、まだ勇気がいる。けれど布団の中で眠っている志津の細い手を、潤一が握りしめているのを見て、——

ひろは意を決して口を開いた。

「その……志津さんはずっと昔、お兄さんと何か約束をしていて……それが、目を覚まさないことに関係があるのかもしれないんです」

ひろがそう言うと、潤一が一瞬目を見開いた。落ち着かないように視線を左右に振る。

やがて深いため息をついて、ひろを見上げて弱々しく微笑んだ。

「——さすが、蓮見神社の子や」

「何か、心当たりがありますか?」

拓己が問うと、潤一はためらって、わずかにうなずいた。

拓己とひろに座るように促して、自分は立ち上がる。傍の箪笥から蓋のついた小さな箱を取り出してひろと拓己の前に置いた。

「母が目覚めへんようになる前……妙なことを言うてたんです」

潤一は記憶を探るように目を細めた。

——その夜、眠る支度をした志津は、布団の上で座り込んで、夜闇に沈む庭を呆然と見つめていた。

そして泣きそうな顔でぽつりと言ったのを、潤一は確かに聞いたのだ。

——思い出したんえ……兄様は、志津と約束してくれはった……。

それきり母は、首を横に振るばかりで何も教えてはくれなかった。

そして次の日の朝、起こしに来た潤一が揺すっても叫んでも、母は目を覚まそうとしなかったのだ。

「志津さんには、お兄さんがいたはったんですか？」

拓己が問うと、潤一はうなずいた。

「ぼくも知ったんは、最近なんや」

潤一はひろと拓己の前に置いた箱の蓋に手をかけた。

「……ひと月半ほど前やろうか。この小さな包みが、母あてに届いたんです」

雲が太陽を隠したのだろう。すう、と部屋に差し込む光が暗くなる。この後の話を示唆しているようで、空気そのものがずしりと重くなったような気さえした。

知らぬ宛名から志津あてに届いた小包には、何枚かの古い葉書と手紙、そして写真が一枚入っていた。

添えられていた手紙には、丁寧な挨拶と突然の無礼を詫びる文言の後、潤一の知らない——母の兄のことが書かれていた。

「手紙を見た母から聞きました。……母には、実は薫という兄がいたのだと」

潤一は眠ったままの志津の顔を、じっと見つめてそう言った。

種麴屋『花木』は、明治時代にとうに暖簾を下ろしている。だが当主だけが知る種麴『花山』は、伏見の酒蔵、清花蔵にほんの少量だけ、毎年必ず卸し続けていた。

薫は優秀な学生で、大学で文学の勉強をしていた。卒業したら家業の勉強をしながら教師になる。そんな兄を志津は誇りに思いながらとても慕っていたそうだ。

穏やかだった花木家に暗雲が垂れ込めたのは、そんな折りだった。

太平洋戦争の末期、徴兵を免除されていた学生たちも、戦局の悪化にともなってとうとう戦地へ赴くことになった。

薫が徴兵されたのは、二十歳になったばかりの頃、志津は十にもならない時分だった。

薫はすぐに京都の地を離れ、海を渡り戦地に赴いた。

志津たち家族が知っている薫の消息はそこまでだった。

それからしばらくして戦争は終わり、結局薫は戻ってこなかった。遠い地で死んだそうだが、その詳細は誰も知らないという。

切なく、そしてあの時代にはよくあった結末だ。

潤一が小さくため息をついた。

「母の両親、うちの祖父母は早くに他界して、ぼくも顔を見たことはあらへん。薫さんのことは、本当に母しか知らへんかったんや」

何十年も経って、薫と同じ戦地で生きながらえたという人がいた。持ち帰ってきたたくさんの仲間の遺品を、ボランティア団体を通じて返還しているそうだ。

小包はそこから届けられたものだった。

母に兄がいることを、どうして教えてくれなかったのかと問うた潤一に、志津は背筋を伸ばしたまま薄く微笑んだ。

――兄様が言わはったんよ。戦地へ征くからには、兄は帰らぬ覚悟である。この兄はいないものとし、お前が花木家を立派に守っていくんや、って。

そうして本当に兄が戻らないと悟った時、志津は花木家を継ぐ覚悟をした。

いつも兄の後をついてまわっていた幼い少女は、それから決して、兄のことを口にしなくなった。

そう潤一に話した時の、母の目が忘れられない。悲しく、そして強い覚悟に満ちた瞳だった。

――拓己が潤一に断って、箱の中身を一つ一つ改めた。

数枚の葉書はどれも茶色く変色しているが、鉛筆で書かれた文字はまだしっかりと読むことができる。

そして薄い油紙に包まれた写真が一枚。古い写真で、触ると崩れてしまいそうだった。

セピア色の写真の中、はためく日の丸の下で、軍服を着た青年がこちらを向いていた。潤一に似て気弱で柔らかい顔つきに、丸い眼鏡がちょんと乗っている。刈り上げられた髪がどこか不釣り合いに見えた。

その隣に確かに幼い頃の志津がいた。着物姿に半纏を着て兄を見上げている。

幼い志津は一生懸命唇を引き結んでいた。それは勇ましく出征する兄を見送るにふさわしい、りりしい表情だったかもしれないけれど。

ひろには、涙をこらえているように見えた。

「これ、花木さんとこのあの門ですね」

拓己が薫と志津の後ろを指した。

それは確かにあの緑青の門で、写真の端には今と同じように、白い花をつける山茶花の木が写っている。

潤一が写真をのぞき込んで、苦笑した。

「あれは明治時代にうちの邸を建て直した時に作ったもんです。もう古いし、手入れも大変やから新しいのにしよて言うてるんやけどね。母が嫌がるんです」

潤一が眠ったままの志津の手を、とんとんと叩いた。

「今思うたら、薫さんのためなんやろうか」

家は何度も建て替えて昔の面影はもう残っていない。唯一あの緑青の門と山茶花の木だけが、当時の名残を留めていた。

それを昔のまま取っておくことが、もう戻ってくるはずのない兄を待つ、志津の心の表れだったのかもしれない。

ひろが顔を上げた先で、潤一がじっと眠り込んでいる志津の顔を見つめていた。

痛ましそうで苦しそうで、眠っている志津の方がよほど柔らかい表情をしているのではないだろうかと、ひろは思う。

「……この人、ほんまに苦労してきた人なんです」

潤一が震える声で言った。

志津ももう八十を超えている。

子どもが遅く、一人息子の潤一に子ども——志津にとっての初孫ができたのは、ほんの十年ほど前だった。

「……ぼくの父が早う（はよ）に死んで、一人で育ててくれてな。立派に花木家を守ってきはった。いつもきりりとしたはってね、気ぃなんか抜いたことあらへんかったやろうて思う」

それが孫ができて少し穏やかになった。玩具や遊具をたくさん買い込んで、古かった家を芝生つきの庭にリフォームしようと言い出したのも志津だ。あまり家から出ることもなかったのが、孫の手を引いてあちこち楽しそうに出かけるようになった。

「もうそろそろ、家の仕事をぼくが継いで、隠居しよう言うてたんです。孫と遊んで暮らすんやて……そういう矢先やったんです」

潤一の黒い瞳と目が合って、ひろは唇を結んだ。潤一の目の奥がわずかに揺れている。

「……蓮見さん。母のこと、お願いします」

ひゅ、と自分の喉の奥で声にならない音が鳴ったのを、ひろは感じた。

蓮見さん、と呼びかけられるのは、今までは祖母だった。

これからは、こんな風にひろもこの名を背負うことになるのだ。蓮見神社の子ではなく、『蓮見さん』として。

ずしりとひろの肩に重いものがのしかかる。

元々は、清花蔵の内蔵の神酒『清花』のためだった。拓己や正のためで、シロと話したいひろ自身のためでもあった。

けれど、とひろは目の前の潤一と志津を交互に見つめる。

潤一の指が、頬にはらりと零（こぼ）れていた志津の白い髪を払った。母を慈（いつく）しむ優しい瞳と、不安に侵された震える指先がどうしようもなくひろの胸を締めつけた。

今はそれより、この母を思う優しい人のためにできることはないだろうかと思う。こういうひとたちの想いを拾うために、ひろはこの力を持ち、蓮見神社の重さを背負うのだと。今はそう思うから。

「きっと、大丈夫です」

ひろは潤一の手を握りしめて、しっかりとうなずいた。

花木家の緑青の門が、ぎい、と錆(さ)びた音を立てて閉じていく。ひろと拓己は、少し歩いた先で振り返った。

緑青の門の向こうに、赤色の鞠が跳ねる。

――ひい、ふう、み、よ、いつ、む、なな……。

一生懸命鞠をついている少女は、しばらくして鞠をぎゅっと抱え込んだ。そうしてまた山茶花の花を見上げる。

――……これでは、あかんの。兄様とのお約束を、果たされへんのよ……。

その時だった。

その少女の傍に、すう、と小さな黒い影が舞った。

黒い燕だ。

ひろははっと目を見開いた。隣で同時に、拓己が息を呑んだのがわかる。

「おい、あの燕、誠子さんの時にもいてへんかったか」

十月の鮮やかな花傘の夜を思い出す。

その後、小さな番傘を返しに清花蔵にやってきた少女の傍に、確かにあの燕は飛んでいた。

「シロは、あの時のお母さんは、夢のかけらみたいなものだって言ってた」

それではあの少女も、母と同じもの――眠っている志津の夢のかけらなのだろうか。

望みを叶えた母の夢は消え、母は悪夢から解放された。

「……お母さんの時みたいに、本当の望みを叶えてあげられれば、志津さんは目を覚ますのかもしれない」

拓己がなるほど、と目を細めた。

「志津さんが何を望んでるんか、か。ずっと〝約束〟やて言うてるんやんな」

ひろはうなずいた。

志津は出征する兄と何かを約束した。幼い頃の志津は鞠をつきながら、兄が約束を果たしに戻ってくるのを待っている。

ひろは腕に抱えた小さな紙袋に、ぎゅっと力を込めた。潤一に無理を言って貸してもらった、志津の兄、薫の遺品の入った箱だった。

鍵はきっとこの中にある。ひろはそう感じていた。

一月の夕暮れは早い。拓己と別れて蓮見神社の境内に帰り着いた時には、影がずいぶん長くなっていた。昼ごろより気温は下がり、吐き出した息は白くけぶっている。

この分だとまた雪が降るかもしれない。

ひろはぐるりと庭を見回した。

蓮見神社の庭は祖母と、亡くなった祖父がたくさんの草花を植えて整えたのだという。桜に紅葉、春になれば水仙（すいせん）や鈴蘭（すずらん）なども咲く。祖母が特に好んでいる萩（はぎ）も今は冬の空気の中、静かに眠りについているようだった。

家に入ったひろは台所であたたかい茶を入れると、縁側のある部屋の机に借りてきた箱の中身を広げた。

できるだけ丁寧に葉書を並べ、写真を油紙からそうっと取り出す。

志津が眠りについたのは、この小包が届いてからだという。志津に薫との約束を思い出させる何かがこの中にあったのかもしれないと、ひろは思っていた。
ひろが持ち上げた葉書には、どれも鉛筆で短い言葉が数行書かれているだけだった。『家族の皆様は元気ですか』『小生は日々励んでおります』『志津はよく勉強してください』『志津はお父さんとお母さんの言ふことを、よく聞くように』
家族と志津を案じる言葉以外は、『勇猛果敢に』とか、『ご奉公』など、勇ましい言葉が書き連ねてあった。
日付順に並べていたひろは、一番最後の葉書をじっと見つめた。

しづ様
御無沙汰(ごぶさた)いたします。
そろそろ庭の山茶花が咲く頃でせうか。
小生は紅色の花が咲くと美しいと思ひます。
小生は報国の仲間と共に、お国のために戦っております。
ここは激戦地になるやうです。本土の家族のため、平和のために戦います。
そちらもしっかりやってください。
薫

鉛筆の柔らかな線から薫の柔和で真面目な性格が伝わってくる。これは数十年前に書かれた葉書で、きっとこの人は戦場で死んだのだ。

そう思うとやりきれなくて、ひろは目を離してふうとため息をついた。

ほかほかの茶が、妙に冷えた体をほっと温めてくれる。

葉書をじっと眺めていると、小さい判子が目についた。葉書の左側だ。検閲(けんえつ)、という文字と、担当者なのだろう、誰かの名字が書かれていた。

それをどこかで見たことがあるような気がして、ひろはきゅう、と眉を寄せる。二階の自分の部屋から日本史の教科書と資料集を持ち出してぱらぱらとめくると、それはすぐに見つかった。

「……検閲印だ」

戦地からの郵便物は、軍の検閲がかかっていたという。戦地の情報や日付、戦争に後ろ向きな文言があるとその部分が、宛先に届けられる前に削除されてしまうこともあったという。

ひろはじっと考え込んだ。

故郷の思い出や家族の近況を聞くこと、勇ましい言葉を連ねることはできても――もしかしたら書くことのできなかった言葉があったのではないか。

ひろは葉書を返して、表に書かれたたった数行の文字を読み返した。

——そろそろ庭の山茶花が咲く頃でせうか。

小生は紅色の花が咲くと美しいと思ひます。

ひろはわずかに首をかしげて、写真をもう一度見返した。

緑青の門の傍、軍服の青年と唇を引き結んだ幼い志津が写っている。そして今と同じ場所に山茶花の木。白黒写真でもはっきりとわかる、花弁の色は今も同じ白色だ。

だが薫は咲くはずのない紅色の山茶花を、美しいという。

ひろは、志津が鞠をついては、じっとあの山茶花の花を見上げていたのを思い出した。

「……そうか」

ひろは思わず声を上げていた。

約束に足りなかったのは——山茶花だ。それも白ではなく紅色の。

志津は咲かないはずの紅色の山茶花を、ずっと待っているのだ。

もしこの木に、紅色の花が咲くことがあったなら——……。

その先は、志津と薫しか知らない約束だ。

けれど、とひろは写真の二人に、そうっと指を滑らせた。このまっすぐにこちらを見つめている瞳の奥で、何を思っているのか――その約束が、ひろにはわかるような気がした。

3

週明けの学校で、ひろはそわそわしながら放課後を待っていた。

志津を夢から醒ますために紅色の山茶花が必要だ。幸いひろには心当たりがあった。

宇治に住んでいる庭師で、志摩という男がいる。ひろの父ほどの年齢で、蓮見神社や清花蔵と何かと縁のある庭師だ。昨夜連絡して、紅色の花のついた山茶花の枝を一本、もらい受ける約束をしたのだ。

その旨を今朝拓己に、メッセージで伝えたところ、昼休みになって返信が返ってきた。

「――ひろ、何メッセージ見てにやにやしてんの」

窓際にもたれかかった友人が、からかうような声音で言った。砂賀陶子は、隣のクラスのひろの友人だ。昼休みや放課後にこうしてよく遊びに来てくれる。

陸上部の部長だった陶子は、去年の夏で部活を引退した。スポーツ推薦ですでに大阪の大学に進学が決まっている。今は後輩の指導のために自主的に部活に顔を出しているらしく、今日も制服からさっさとジャージに着替えてしまっていた。

隣の席で椿がくすりと笑う。

「ひろちゃんは今日、この後デートなんよ。清尾先輩が学校まで迎えに来てくれるんやて」

「違う！」

ひろは慌てて首を横に振った。

宇治の庭師に頼んでいたものを取りに行くだけだ。

卒業を間近に控えた拓己はもう授業がない。だからひろの放課後を待って宇治に付き合ってくれると言ったのだ。

今回は清花蔵絡みのことでもあるし、志摩は拓己とも付き合いが深いから、何も特別なことではない。それに拓己が学校に用事があるから、そこで待ち合わせようとしているだけだ。

そういうようなことをあれこれ必死に言いつのっていると、椿がふう、とわざとらしくため息をついた。

「あーあ、わたしはまだ受験終わってへんのに、楽しそうやわあ、ひろちゃん」

「う……ごめん」

この三人で唯一、椿だけがまだ志望校の入試を控えている。陶子が横で腕を組んだ。

「謝らんでええんよ、ひろ。椿は推薦もいろいろあったのに、例の先輩と同じ大学行きたいからて、全部蹴(け)って一般入試に切り替えたんやろ？」

途端に椿の白磁の頬が薄桃色に染まる。

椿は、所属していた古典研究部の先輩に恋をしていた。結局告白しないまま、先に向こうが卒業してしまったが、椿は今、その先輩と同じ大学を目指している。

「……だって、一緒に古典サークルに入ろうて、もう誘われてるんやもん」

おお、とひろと陶子は盛り上がった。

この恋バナとやらの楽しさが、ひろは最近わかってきた。

友だちが今までに見たことがないような表情をするのだ。

焦ったり顔を赤く染めたり、どこか遠くを見つめたり。親しいひとたちの豊かな感情に触れることができる。それが楽しくて愛おしい。

そうして今が楽しければ楽しいほど、ふとした瞬間にさびしくなる。

陶子や椿と、こんな風に毎日話すことができるのも、あとほんのわずかだ。椿が受かれば三人とも別々の大学に行くことになる。

いつかこの二人とも疎遠になってしまうのだろうか。人間関係はとにかく距離と時間に弱いものだとひろも知っている。

「どうしたん、ひろ」

ふいに何かをこらえるように唇を引き結んだひろに、最初に気がついたのは陶子だった。

陶子は拓己と似ている。人の感情の機微に聡く面倒見のよさがある。

「二人といられるのも、あと少しだなって思って」

陶子と椿が互いに顔を見合わせて、ふふ、と笑った。

「ひろはさびしがり屋やな。クラス替えの時もそう言うてたもんな」

陶子がにやにやと笑う。ひろは、うっとつまった。一年生から二年生へのクラス替えの時、やっと友だちになった二人と離れてしまうとずいぶん悩んだのを思い出したからだ。

椿が柔らかくまなじりを下げた。

「先のことはわからへんよ。でも、友だちでい続ける努力はできるんやと思う」

その椿の言葉に、ひろはなんだかひどく安心した。そうあればいいね、と他人行儀な願望ではなくて、努力したいとそう言ってくれたからだ。

たくさん話して、毎日ではなくてもいいから時々会って、互いのことを気にかけていれば、きっとこの縁はほどけることはないから。

「うん。わたしもがんばりたい」

手放したくない縁を、ひろも一つずつ大切にしていこうと思うのだ。

言葉にするとなんだか面はゆくて、それぞれ顔を見合わせて笑っていると、ひろのスマートフォンが震えた。

メッセージは大野達樹からだった。陶子と同じクラスで、夏に引退するまでは剣道部員だった。蛸薬師通にある老舗旅館の跡取りで、去年の夏、小さな事件を解決したことで、時折話すようになったのだ。拓己をのぞけば、ひろの唯一の男友達だ。

メッセージを読んで、ひろは目を見開いた。

「どうしたん、ひろ」

陶子に問われて、ひろは困惑気味に眉を寄せた。

「大野くんからなんだけど……拓己くんが道場で暴れてる……って」

「……はぁ?」

陶子と椿が顔を見合わせてそう言った。

深草大亀谷高校には昨年の春、新しい武道場ができた。古くから剣道場として使っていた心真館が、名前をそのままに建て直されたのだ。

ひろたちが鞄を持って心真館にたどり着いた時、その前には人だかりができていた。

「うわ、ギャラリーできてるやん」

陶子が眉を寄せる。他の運動部の人間たちだろうか。様々なジャージの人間が、出入り口や窓から中をのぞきながら、やんやと盛り上がっている。

野次馬の中から、達樹がぶんぶんと手を振っていた。

「三岡！　こっち！」

達樹は心真館の出入り口の真ん中を陣取っていた。ひろたちが野次馬をかき分けて達樹のもとまでたどり着いたその瞬間。

だんっと、何かがぶつかる激しい音がした。

おお、とギャラリーから歓声が沸く。

道場の中をのぞき込んで、ひろは目を丸くした。

「拓己くん!?」

道場の中では、カットソーにデニムと、おおよそ剣道をするにはほど遠い格好をした拓己が竹刀(しない)を握っていた。手の甲で汗を拭って腹から声を張り上げる。

「次ぃ！」

びり、と空気ごと振動させる声に、ひろは肩を跳ね上げた。

周りには胴着を身につけた剣道部員があちこちに転がっていて、端にまとまっている何人かの部員たちが肩をすくめてその光景を見ている。

陶子がうわ、とつぶやいた。

「清尾先輩、何したはんの……？」

達樹が苦笑する。

「先輩、就職して東京行かはるやろ。それで今日先生方に挨拶に来てくれはったらしいんやけど、一年に生意気なのがいて先輩に絡んだらしくて……」

拓己は高校の剣道部を引退した後も、コーチとして時折指導に来ていた。来年からはしばらく来ることができないと挨拶に訪れたところ、帰り際に、剣道部の一年生に絡まれたらしい。

曰く、引退して四年も経つのに現役にまともに指導などできたのか、と。

「先輩はああいう人やし、笑って済まさはったらしいんやけど、先生の方がえらい怒ってしもて……その一年と一緒に道場に放り込んで、先輩にええから伸してしまえて……」

話を聞いて、陶子が唖然とした。

「そら先生も怒らはるわ」

伝統的な所作の多い剣道部の顧問は、上下関係にかなり厳しい。

また一人床に転がる一年生を眺めて、達樹があーと呆れた声を出した。

「胴着も面もあらへんからって、先輩も最初遠慮したはったんやけど……あれはたぶん、途中からちょっと楽しなってしもたんやろ。他の部員巻き込んでもう稽古になってる」

「清尾先輩て、大学では剣道やったはらへんけど、今は道場に通たはるんやろ」

椿に問われて、ひろはうなずいた。

しばらく剣道から離れていた拓己は今、中書島の道場に通っている。東京へ行っても、そこから紹介された道場で剣道は続けるつもりだと言っていた。

「重田さんっていう、拓己くんの先輩の道場だよ」

達樹があーあ、と手のひらを額にあてた。

「……康智さんなあ。あの人も鬼みたいに強かったて、先輩方が言うたはったわ」

重田康智は拓己の現役時代の先輩だ。昼はパン職人をしながら、自分の道場で子どもたちに剣道を教えている。現役時代はもう一人のエース、水原蒼太と共に全国大会で大暴れし、拓己も先輩たちから一本取るのには相当苦労したそうだ。

その拓己自身も、剣道部を全国へ連れていったエースである。

「鬼が鬼の指導せんかってもええのにな……そら勝たれへんて」

達樹がぞっとしたような顔で言うのを横目に、ひろはその光景をじっと見つめていた。

竹刀を構え、腹から裂帛の声を上げる。

踏み込んだ足に一気に体重を乗せて、相手の胴をなぎ払った。その瞬間、背筋を伸ばした美しい構えの姿勢に戻る。

頭の先からつま先までぴん、と一本の糸が張ったように、見ているこちらが惚れ惚れとするような所作だった。

いつも穏やかな拓己が相手を射貫きそうな目をするのも、獣じみた声を上げるのも、その一つ一つにひろは釘付けになった。

なんだかとてもまぶしくて、胸の奥がかき回されるような心地がする。

他のものはもう、何も目に入らない気がした。

ひろが拓己に釘付けになっている横で、陶子がぽん、と達樹の肩を叩いた。

「あんた、あれに勝たなあかんのやで」

「…………わかってる」

達樹がそうぽつりとつぶやいたのが、どこか遠くで聞こえた。

だんっと音がして、最後の相手が尻餅をついたところで一段落したらしい。

鋭く研ぎ澄まされていた拓己の瞳が、ふ、とひろを捉えた。

その瞬間、瞳の奥が柔らかく変わるのがわかって、なんだかたまらなくなった。

タオルで汗を拭いて道場に深々と一礼した拓己は、鞄をつかんでひろのもとへ駆け寄ってきた。

「悪いひろ、待たせたやんな。志摩さんとの約束何時やっけ」

外して鞄に入れていたのだろう。腕時計を慌てて取り出している。集まっていたギャラリーはほとんど解散していて、剣道部員たちが数人走り回っているだけだった。

「五時だから、まだ間に合うと思う」

ひろは空を振り仰いだ。夕暮れのきざしが見えている。ここから宇治までの時間を考えると、ちょうどいい頃合いだった。

陶子は自分も部活に顔を出すと駆けていってしまい、椿はこれから図書室で勉強して帰ると言った。

「ひろちゃん、また明日」

そういう椿に手を振って、拓己と共に歩き出そうとした時。

「──三岡」

振り返ると、達樹が笑っていた。

「知ってたか。おれ、お前と同じ大学行くんやで」

ひろはぱっと目を見開いて、顔を輝かせた。

「そうなんだ！　わたし文学部なんだ」

一人でも知っている人がいると思うと、それだけで心強い。

後ろから拓己の柔らかな声が聞こえた。

「よかったな、ひろ」

「うん。正直不安だったんだ。授業のこととか聞ける人がいてよかった」

「……おう。春からもよろしくな」

達樹がひろの後ろを見て顔を引きつらせている。振り返った先では、拓己がいつもと変わらず穏やかな笑みを浮かべているだけだった。

「大野、ひろを頼むな」

「………ちっとも〝頼む〟いう顔やないですけどね、先輩」

引きつった笑いを浮かべた達樹は、肩をすくめて道場に駆け込んでいった。


ＪＲ藤森(ふじのもり)駅からおおよそ二十分。宇治駅に着いた頃には、日はやや傾き、橙色の淡い夕暮れが山の端(は)をほのかに染めている。宇治橋の上は冬の風が吹きすさび、どうどうと宇治川の流れる音が辺りに響き渡っていた。

「――あの庭にいた志津さんは、その紅色の山茶花を探したはるんか」

少し前を歩く拓己が、わずかに振り返った。

「たぶん、そうだと思う」

今朝メールで伝えた内容を、歩きながらひろはもう一度説明した。

志津の兄、薫は、幼い頃の志津と何かを約束した。検閲が入るとわかっている葉書に書かれた紅色の山茶花が、どうやらその二人の約束のきっかけになっているらしい。

その約束を叶えることが、きっと眠ったままの志津を目覚めさせることに繋(つな)がるはずだ。

平等院(びょうどういん)へ続く参道を脇に折れると、その先に志摩の家が見えた。

ごく普通の一軒家なのだが、広い庭を持っている。庭師である志摩の手で、丁寧に育てられた草花たちが、好き勝手にあふれる庭だ。

生き生きとしたその姿が好きでここに来るとひろは、いつも心が躍るような気分になるのだ。

出迎えてくれた志摩は、ひろと拓己をリビングへ案内してくれた。ぶっきらぼうな口調とおおよそ優しさからはかけ離れた仏頂面(ぶっちょうづら)が特徴だ。

だがそのとっつきにくい外側とは裏腹に、志摩が草花を扱う手つきは優しく丁寧なことを、ひろは知っている。

明かりをたっぷりと取り込む志摩の家のリビングは、庭に下りられる大きな掃き出し窓がついていた。

草花が好きなひろの性格をよく知っている志摩が、庭の一角を指した。

「見頃は椿だ」

志摩の言う通り、庭の椿は見事に咲き誇っていた。

紅色や桃色から白まで様々な種類がある。一様に厚みのあるつるりとした葉の隙間から、鮮烈な色の花があちこちのぞいていた。

強い風に煽(あお)られて、赤い花が首から落ちる。ころりと地面に転がる椿の花は、美しく儚く、どこかそらおそろしくも見えた。

「生首が落ちるように見えるから、昔、椿は武士の家では嫌われていたんだ」

志摩がそう言いながらリビングの端を指した。そこには新聞紙が敷かれ、ひろの求めていた山茶花の枝がそっと寝かされている。枝には紅色の花がついていて、葉の厚みも花の鮮やかさも椿とよく似ていた。

「山茶花と椿は見わけるのが難しいんだ。わかりやすいのは、たとえば花の落ち方だな。椿と違い、山茶花は花びらから散っていく」

志摩のぶっきらぼうな口調は、聞き慣れると抑揚がなく落ち着いていて心地がいい。

しばらく冬の静かな庭をじっと見つめていたひろは、甘い香りに引かれて振り返った。

香りの正体は、志摩が硝子のポットに用意してくれていたハーブティーだ。この庭で採れるハーブからできるそれは、ほんのりと淡い緑色に染まっていた。

志摩の家ではいつもこのハーブティーが出る。それは、志摩の亡くなった妻が、よく入れていたからだ。

一口すると、ほっと体の芯まで温まるようだった。鼻に抜けていく爽やかなハーブの香りは、優しい思い出の気配がした。

ぽつぽつと他愛ない話が一段落した頃。

拓己が改まったように志摩に軽く頭を下げた。

「おれ、しばらく顔出せへんと思います。清花蔵の庭の件は父に引き継いであるんで、時々見に来てもらえると助かります」

清花蔵の蔵には、拓己が志摩に依頼した小さな庭がある。蔵の将来を見据えた拓己が計画したもので、去年できたばかりだった。

志摩が、そこで初めてわずかばかり微笑んだ。

「正さんから聞いた。東京に行くんだってな」

「何年かしたら、戻ってきて蔵を継ぐつもりです」

そうか、と志摩がつぶやいた。ぶっきらぼうな口調の端々にほんの少しさびしさが滲んでいる。志摩も拓己も家ぐるみの付き合いだからだろう。

「盆には、一度顔を出します」

拓己がそう言うと、志摩がうなずいた。

「ああ、ひろちゃんと一緒にぜひ見に来てくれ、今年は珍しい花が咲くかもしれないんだ」

ハーブティーの香りを胸いっぱいに吸い込んでいたひろは、話を振られて顔を上げた。拓己も怪訝(けげん)そうに首をかしげている。

志摩の目の奥が、心なしか輝いているように見える。宝物を自慢したい子どものような表情だった。

「人から面白いものをもらう約束をしたんだ。一昨年、おれが蓮(はす)の種をもらったのを、覚えているだろう」

ひろはうなずいた。

失われたはずの大池——巨椋池(おぐらいけ)の蓮の種だ。

かつてこの地に広がっていた巨大な大池——巨椋池はシロの棲み家だった。それは見事な蓮畑が広がっていて、夏には蓮見舟に乗った見物客が、ひきもきらなかったという。

昭和の初め、巨椋池は完全に埋め立てられてしまったが、そのかつての姿を取り戻そうと、失われた巨椋池の蓮の再生事業が続いている。

かつて巨椋池が氾濫(はんらん)した時、別の土地へ流れてしまったり、小さな池や畑に残っていたものを採取して育てるのだそうだ。

　志摩は古い寺に残されていた、その巨椋池の蓮の種をもらい受けた。それを一昨年の夏、志摩が見事に育て上げたのをひろも知っている。

　たった一輪ではあったけれど、儚く美しい蓮の花だ。それから志摩はその蓮の花を育て続けていた。

「十月頃かな。その時の種を分け合った仲間の一人から連絡がきた。――今年になって、その種から珍しい色の花が咲いたんだと」

　種から育てた蓮が初年に花がつくのは珍しい。二年越しに花がついたと、仲間が喜んで写真を回してくれたのだ。

　拓己が首をかしげた。

「十月て珍しいですね。蓮て夏の花のイメージですけど」

「今年の夏も暑かったから、植え替えが遅れて時期がずれたのかもしれない。だが本当にきれいな色で咲くんだ――見てくれ」

　志摩の口調の端々に、美しい花に対する興奮が滲んでいる。

　スマートフォンに映し出された写真を見て、ひろと拓己はそろって息を呑んだ。

「これ、ほんまにこの世のもんか……？」

　拓己がそう言うのも無理はない。

写真に写っていたのは、透き通るような、硝子細工のような蓮の花だった。光を透かして細い筋がきらきらと輝いている。触れたら粉々に砕けてしまいそうだ。薄い硝子を何枚も慎重に重ねたような——この世のものとは思えないほどの、美しい蓮だ。

拓己が呆然とつぶやいた。

「……こんな花、あるんですね」

「おれも見たことがない」

志摩が言った。

「白い花の種だと思うが、新種かもしれない。この花から種が取れたら分けてもらう約束になってるんだ。うちでも育ててみるから、盆あたりには花がつくだろう」

だから珍しいものが見られると志摩は言ったのだ。ひろは一瞬でその美しい蓮の虜(とりこ)になった。

「……すごくきれい」

ひろが目を輝かせてそう言うと、志摩はうれしそうに、不器用に顔をほころばせた。

その時だった。

――お、まち、し、ており、ま、す……。

ひろは確かにその声を聞いた。

ざらり、としていて壊れたラジオのようにぶつぶつと途切れて聞こえる。

この声をひろは前にも聞いたことがある。子どもの姿の母を見送った時、黒い燕が飛んでいった、あの時だ。

「――楽しみにしてます。必ず見に来ますから」

拓己がそう言っているのをどこか遠くで聞きながら。

ひろはもう聞こえないその声に、妙な胸騒ぎを感じていた。

夜空に星が輝き始める頃。ひろと拓己は志摩の家を辞した。

玄関先で志摩は、ひろに一抱えもある新聞紙の包みを渡してくれた。紅色の花がついた、山茶花の枝だ。

志摩の乏(とぼ)しい表情がわずかばかり変わる。まなじりが少し下がって、心配そうな顔でひろを見下ろした。

「……何をしているのか知らないが……気をつけろ」

ひろは唇を引き結んでうなずいた。

志摩にこうして花を融通してもらうのは初めてではない。志摩もひろが蓮見神社の子として、不思議なことに関わり続けているのを知っている。

「ありがとうございます」

ここにも心配してくれる人がいる。それは確かにこの土地に来て、ひろが手に入れた縁だ。そう思うと心の奥がほうとあたたかくなる気がした。

紅色の山茶花の枝を抱えて、宇治橋を渡る。

ほんの少し前を歩く拓己の背中を、ひろはじっと見上げた。

拓己がふいに立ち止まってこちらをふり返った。

「――……志摩さんにもしばらく会われへんのやな」

ぐっとひろは手のひらを握りしめた。

あとふた月ばかりで、拓己はここからいなくなってしまうのだ。思い出さないようにしていたけれど、ふいにひろの心をさびしさが覆う。

大丈夫だ。

不安定に揺れる自分の心に言い聞かせる。

拓己が安心して、自分の道を進むことができるように。

せめて笑顔で、笑って春を迎えてみせると、そう決めている。

4

その週末、ひろは拓己と共にもう一度花木家を訪れた。ひろの手には、志摩から受け取った紅色の花の咲く山茶花の枝が抱えられている。

派流に続く橋の手前、路地の奥の花木家には、ひろの背ほどもある緑青の門がそびえ立っている。押し開けた古い門がぎい、と軋む横で、幼い志津がてん、てんと赤色の鞠をついていた。

――ひい、ふう、み――……。

十まで数えて鞠を抱えると、幼い志津は門を見上げた。覆い被さるように葉を茂らせる山茶花の木。花は白色だ。

――兄様は、約束してくれはったんえ……。

か細い声でつぶやく志津の前に、ひろは迷いなく歩み寄った。抱えていた山茶花の枝を志津の前に差し出す。

「これを待ってたんだよね」

志津の目がこぼれ落ちんばかりに、まあるく見開かれた。

その瞬間、どこからか柔らかな男の人の声がした。

――小生は紅色の花が咲くのが、美しいと思ひます。

「うわ……」

拓己の引きつった声が聞こえて、ひろは振り返った。

視線の先で緑青の門がぎい、と押し開けられる。煤(すす)で黒く汚れた手が見えた。

風が吹く。どこからか紅色の花弁が舞い散った。ひろはとっさに山茶花を見上げて息を呑んだ。

花がすべて紅色に変わっている。

風に吹かれて、また紅の花びらがはらりと散った。

花びらが降る中、緑青の門を開けたのは、青年だった。カーキ色の服で肩から白いたすきをかけている。汚れた帽子の下から煤にまみれた黒い顔が見えた。

ボサボサになった髪の下には、柔和な顔立ちとちょこんと乗る丸眼鏡。

写真に写っていた志津の兄、薫だった。

幼い妹の姿を見つけて薫は破顔した。帽子を脱ぎ捨てて、明るい陽の下に笑顔をさらす。涙で煤が落ちて、頰に白い筋が伝った。

——志津！

幼い志津が兄に手を伸ばす。

——兄様！

ぶわ、と強い風が吹いた。赤い山茶花の花弁が視界を覆い尽くす。ひろは慌てて腕で顔をかばった。

紅色の花弁の隙間から見えたのは、兄妹(きょうだい)が互いに抱き合う姿だった。薫も志津も、もう絶対に離さないと——強く。

赤色の鞠が転がって——。

「ひろ！」

耳元で拓己の声がした。腕を取られて抱き込まれる。

体中を叩くように山茶花の花弁が吹き荒れる——！

……ふ、とひろが気がついた時には、庭はしんと静まっていた。

目の前に拓己の胸板があって、ひろは慌てて体を離した。

人の体温のあたたかさに、まだ心臓がどきどきと音を立てている。

「えらい風やったな……」

拓己が乱れた髪をざっくりと手ぐしで整えながら言った。

赤くなった顔をごまかすように、ひろはこくこくと何度かうなずく。

辺りを見回すと、紅色の山茶花も志津と薫の姿も消えていた。冬の陽に照らされて広い庭がしん、と静寂をたたえているだけだ。

やがて家の中をばたばたと誰かが走る音が聞こえた。潤一だろうか。

空を見上げると、赤い花弁をくわえた燕が宙を切り裂いて飛び去るところだった。

ほどなくして潤一が駆け寄ってきた。志津が目覚めたと、そう言う潤一の目尻の端に涙が滲んでいる。ひろはほっと胸をなで下ろした。

柔らかな陽が差し込む部屋の中で、志津は布団から上半身を起こしていた。

目覚めた志津は幾分ぼんやりとしていたようだったが、顔を見るだけと案内されたひろと拓己を見て、柔らかく目の端を垂れさせた。

「……そう。……あなたが、紅色の山茶花を持ってきてくれた〝お姉さん〟やね」

ひろは息を呑んだ。

「覚えてるんですか……？」

志津がくすりと笑った。

「ぼんやりね。本当に夢見心地という感じ。潤一から聞いたんやけど、わたし、えらい長いこと眠ってたんやてね。……ずうっと、あのお庭の門の前で鞠をついて、兄様を待ってたんえ」

志津は潤一が呼んだ医者が来るまでのわずかな間、ぽつぽつと話をしてくれた。

「兄様は、よう一緒に鞠つきをしてくれはった」

赤色の鞠は、誕生日に薫が志津に贈ったものだ。ひい、ふうと何回鞠をつけるか数えながら一緒に遊ぶのが、志津にはたまらなく楽しかったのだ。

大好きだった兄が戦争に行ってしまう。幼い志津は泣きじゃくった。

兄が出征すると聞いて、勇ましい軍人さんになることはとても名誉なことだと大人たちは言うけれど、それは違うと志津は思ったのだ。

だってお隣のお兄さんもお向かいのお父さんも、──誰も戦争から帰ってこないもの。

だからきっと兄も帰ってこないと思った。

志津は布団の上で、枯れ枝のような細い指をきゅう、と握りしめた。

「泣いてるわたしに、兄様は言うてくれはったん」

――約束しよう、志津。あの山茶花の木に紅色の花が咲いたら、ぼくは絶対に帰ってくる。そうしたらまた一緒に、鞠をついて遊ぶんや。

ああ、兄様。それは嘘だ。

幼い志津にもわかる。だってあの立派な門の傍に咲く山茶花の花は――いつだって白色だったから。

けれど兄のその約束は、志津に覚悟を決めさせた。

兄はもう二度とこの家に戻ってくるつもりがないのだ。引き留めてはいけないのだ、と。

この兄をいないものとし、花木の家を守るのが志津の役目だ。

この大きな時代の流れも悲しい結末もきっと変えることはできないだろうから、せめて最後に兄の言った通りにしよう。

「案の定戦争が終わっても兄様は帰ってこうへんかった。兄様の言う通りに、花木の家を守ってきて……去年あの葉書が届いたんえ」

何十年も前の葉書は茶色く変色していた。けれど大切に保管してくれていたのだろう。鉛筆の字は幼い記憶にある兄のものだった。

志津は、ひろが手渡した箱の中から、震える指先で葉書を持ち上げる。

「……兄様が、紅色の山茶花がええんやて……そう言わはるから……」

紅色の山茶花の約束を思い出しながら、どこか遠い土地で兄は逝ってしまった。

この葉書は、勇ましい言葉の間に隠した兄の本心だ。

――紅色の花が咲くと美しいと思ひます。

妹の待つ――美しい山茶花の咲く庭へ帰りたいと。

薫はそう言いたかったのだ。

志津は細くゆっくりと息をついた。

「お骨も髪も何一つ戻ってこられへんかった。せやけど……ようやっと、うちに帰ってきはったんやなあ」

それから志津は、静かにはたはたと涙をこぼすばかりだった。

志津が見つめる庭の山茶花には、今は真っ白な花が咲いている。

ひろと拓己は目を合わせて、声をかけることなく部屋を辞した。

花木家からの帰り際、緑青の門をぎい、と引き開ける。独特の錆びの匂いがした。

重い時代があって、何十年も先に想いだけがふと戻ってくることもあるのだろう。

紅色の山茶花の花の下、手を取り合って再会を喜ぶ兄妹を見た気がして。

ひろは切なさに痛む胸をぎゅう、と押さえた。

その夜、清花蔵の食卓には正と杜氏である常磐、そして拓己の姿がなかった。

帰ってきてすぐ、ひろと拓己を追うように紫紺（しこん）の風呂敷を携（たずさ）えた潤一が、清花蔵を訪ねてきた。

志津は様子見のために入院することになったこと。その志津から、今日の内にこれだけはと預かったものがあると潤一は言った。

潤一は迎えに出た正と常磐、そして拓己の前で、風呂敷を広げた。それは内蔵の酒を仕込むために必要な種麴『花山』だったそうだ。

慌ただしくつなぎに着替えた拓己は、父と常磐、それから数人の蔵人と共に内蔵にこもってしまっている。

すぐに仕込みを始めると、拓己はそう言い残した。

気がつくと、縁側の硝子戸の向こうばかり見ているひろに、蔵人の一人が声をかけた。

「さびしそうやな、ひろちゃん」

彼らも内蔵で何かが仕込まれているのは知っているのだろう。内蔵のやり方には踏み込まないのが、彼らの暗黙の了解のようだった。ひろは慌てて振り返った。

「……違います」

蔵人たちがにやにやと笑っている。

「ほんまか？　正さんも坊も、しばらくはこっちに顔出されへんやろ。それでなくても最近、坊は飯ん時以外は蔵に入ったきりやったからな」

「若は変に生真面目やさかい、しばらくは顔も見られへんかもなあ」

拓己は蔵人たちの間で、未だ坊だとか若だとか、幼さを残す呼び方をされている。

幼馴染みのひろと拓己は、ともすると大人たちのいいからかいの的になるのだ。

ひろは自分のコップともらったデザートを抱えて、客間に逃げ込んだ。蔵人たちの笑い声の中に混ざった一言がひろの心を刺した。

「――春になったら、若もおらんなるんやなあ……」

客間に一人になったひろはふと顔を上げた。縁側の向こうから何かが漏(も)れ聞こえてくる。

硝子戸を開けると、確かにかすかに声がした。

祝詞(のりと)だ。

凍える冷気に身を震わせながら、ひろは縁側から庭に下りた。奥に続く木戸に、いつもはないしめ縄が巻かれている。

この向こうはひろには入ることができない。

この祝詞は常磐の声だろうか。

内蔵の仕込みが始まるのだ。

仕込みが終わったら、その酒を持ってシロに会いに行く。南の伏見よりずっと冬の気配が色濃い——水の神の棲む貴船に。

その頃には、もう春だろうか。

すぐそこに迫る春は、桜のつぼみがほころぶ美しい芽吹きの時季だ。

そして、旅立ちの季節でもある。

三 綺羅星の心

1

――ぽん、と小さな音が聞こえたような気がした。

シロは貴船にある宿の一室、桃源郷の縁側でふと目を開けた。ぼやける己の視界に、朝靄にけぶる貴船の山々がうつる。ぱちぱちと瞬きをしている間に、霧は風に吹かれうっすらと陽光を通し始めた。

頬をなぶる風はいつの間にか春の気配を孕んでいる。

シロはため息をついた。前に目を覚ました時は、まだ冬のさなかだったように思う。

時間も季節も曖昧なその感覚は、シロにとってひどく懐かしいものだった。

ひろと出会う以前、シロは大池を失った後はずっと地の底で、とろとろと眠っていた。目が覚めれば季節は変わっていて、ぼんやりとそれを感じながらまた眠る日々だった。

けれどこの十年は毎日がせわしなかった。

日々移り変わる世界を見、加速度的に成長するひろの傍にいると、そういえば人の営みとはこういうものだったと思い出す。

速くせわしなく儚く――力強く、そうして色鮮やかだ。

記憶をたどれば、ひときわ目についた何人かの人間の生き様を思い出す。

それは例えば、この地に城を築きシロの住む川や池の形を変えてまわり、神の怒りを笑い飛ばしながら、己の最期を山一つ使った盛大な花見で彩った、かつての天下人のことであったりした。

ああいう短い生を精一杯暴れ回るような人間の営みが、結局シロは好きだったのだ。

今、この縁側から見える桃源郷の世界は、静かで穏やかで時の流れが止まったような、シロたちの世界だ。

この中でこうして時間を持て余す時の方が、今までずっと長かった。それに戻るだけだとわかっているのに。

どうしてだか、退屈でさびしくて息が詰まって仕方がない。

だからまた眠ってしまおうと、瞼を伏せた時だった。

ぽん、とまた音がした。

「――花が咲いたようだ。何かが根を張ったぞ」

いつのまに姿を現したのか、花薄が薄い唇を笑みの形に歪めて明け方の南の空を見つめていた。薄橙に染まる空の端、その下には伏見の地がある。

花薄は黙っていれば儚げな少女のようだが、彼女はこの地を治める水の龍神だ。瞬き一つで風を呼び、指先で宙をなぞれば雲を散らす。

花薄がついと目を細めた。

「だが安心するといい、指月。洛南に巣くうあれが何であろうと、この貴船の地までは侵そうとはしない。あちらも分というものを知っている」

ぽん、とまた耳の奥で小さな音を聞いてシロは眉を寄せた。

花薄がじっとこちらをのぞき込んでいる。銀色の睫に縁取られた金色の瞳が、不思議な色をたたえてシロを見つめていた。

「気になるか？」

問われてシロは、ふと体から力を抜いた。両手を縁側に投げ出して緩く首を横に振る。

「……ひろと跡取りがいる。蓮見神社もある。滅多なことにはならない」

花薄のその瞳が一瞬不安げに揺れるのを、シロは見た。

「そうか。ずいぶんと……つまらないものだ」

花薄は隣に置いた漆塗りの盆から、硝子の徳利を持ち上げた。中は透明な酒で満たされている。差し出された硝子の猪口をシロは無言で受け取った。

とろりと注がれた酒からは、濃い米の匂いがする。

花薄が、手酌で入れた自分の分を一気にあおって、薄い唇を開いた。

――春の野に　小屋かいたる様にて　つい立てる鉤蕨（かぎわらび）　忍びて立てれ下衆（げす）に採らるな

抑揚に合わせて、わずかに残っていた朝霧が空の端へ吹き飛んでいく。

春に芽吹く蕨を少女に見立てて、大切なものを取られるなという意味だ。どういうつもりかと、シロはじろりと傍ら（かたわ）の花薄を見やった。金色の瞳と目が合う。

「南で待っているのではないのか」

シロはむっつりと黙り込んで、猪口に注がれた酒に口をつけた。どうも気に食わなかった。花薄は自分を伏見へ帰そうとしているように思えたからだ。

シロは花薄の傍にあった徳利から、手酌で酒を注いだ。

「いいんだ、おれがいなくとも……もういい。おれは必要なくなった」

春になったら貴船も出ようとシロは思った。どこか山の奥か地の底で、本格的に眠ってしまうのも悪くない。

胸の内をかき回すさびしさも退屈も、なんだか判別もできないぐるぐるとした思いも、抱え続けることに少し疲れたのかもしれない。

シロは猪口に残っていた酒を飲み干した。

ことりと猪口を縁側へ放る。

「美味くない……」

もっと美味く薫り高い酒の味を、シロはもう知っている。

とろとろと眠りに引きずられる意識の中で、花薄の吐息のようなつぶやきを聞いた。いつも自分よりよほど傲慢で矜持の高い彼女には珍しく、弱りきった祈りのような声だった。

「――つまらないものだな、指月」

春も間近に迫る頃。日は段々と長くなり、夕暮れの橙色はぐっと深みが増す。吹き渡る風に春の匂いが混じり始めていて、ひろは蓮見神社の境内で、その風を胸いっぱいに吸い込んだ。

萌える若芽の匂い、とろりと甘い水仙、花の遅い桃、花が開き始めた木蓮、それから派流のユキヤナギ――……。

静かな冬と違って、春はたくさんの花の香りが幾重にもなって、賑やかで心が躍る。

足元にはオオイヌノフグリの小さな紫や、ハコベの白色、気の早いタンポポの黄色といった鮮やかな花が開いていた。

そして何より、とひろは傍の木を見上げた。薄紅色の小さな花がほろりと一つ、ほころんでいる。ごつごつとした枝先が橙色の夕暮れを黒く切り取っていて、その先で桜の花が一つ開いていた。

この花が咲くと一気に春の気分になる。

お気に入りのニットカーディガンを羽織ったひろは、ぐんと濃くなる春の気配に浮かれるように、清花蔵(きよはなくら)の暖簾(のれん)をくぐった。

店表から入って、母屋(おもや)の玄関にたどり着いた時。

「あ……」

ひろは思わず小さな声を上げていた。玄関先にダンボールが二つ積んであるのを見つけたからだ。引っ越し業者のロゴが入っている。

——拓己(たくみ)の引っ越しの荷物だった。

黒いマジックで「靴」「食器」「タオルとか」と見慣れた拓己の、そしていつもより少し乱雑な字で書かれている。上はガムテープでしっかりと閉じられていて、あとは運び出されるのを待つだけだった。

その光景に春の陽気でぽかぽかとあたたかかった体が、すっと冷えていくのをひろは感じた。

あと数日で拓己は清花蔵を出て行く。

春は旅立ちの季節だ。

ひろは大きく息を吸って、引き結んでしまいそうになる唇を無理やりほどいた。暗い顔はだめだ。拓己を笑って見送るのだと決めている。

それに、とひろは清花蔵の台所の前で足を止めた。

このさびしさを抱えているのは自分だけではないと、ひろは知っている。

台所では沸騰する鍋の前で実里がぼうっとしていた。目の前の鍋は粕汁だ。鮭の切り身が鮮やかなオレンジを見せている。

いつもなら鍋をせわしなくかき回しているはずの実里は、お玉を握りしめたまま時が止まってしまったかのようだった。

実里の傍らには椅子が引き寄せられていて、ダンボール箱が置かれている。

鍋の端が茶色くなり始めているのに気がついて、ひろは慌てて声をかけた。

「実里さん、お鍋焦げちゃう！」

実里ははっと顔を上げた。慌ててコンロの火を小さくしてこちらを振り返る。

「おかえり、ひろちゃん。ありがとう、危なかったわ！」

ほうっと息をついた実里が、やっと時間が進み始めたように動き出した。目にもとまらぬ速さで葱を刻み、冷蔵庫から卵や片栗粉を取り出してテーブルの上に置いていく。

傍の大皿には天ぷらにするつもりなのだろう、蕨やふきのとう、大葉、筍などたくさんの春の野菜や、白身魚の切り身、鶏肉や豚肉などが山のように積み上げられていた。

刻んだ葱をどんぶりに盛り、天ぷら用の卵を二つ三つボウルに割ったところで、実里はまたふ、と手を止めてしまう。

ここ最近実里は、遠くを見つめてはもの思いにふけっていることが増えた。

「……実里さん、大丈夫ですか？」

余計なお世話かもしれないと思いながら、ひろはそうっと問うた。実里が困ったように傍らの椅子に置かれた、ダンボール箱を見下ろした。

「……拓己ももう行ってしまうんやなて」

蓋が開いたダンボール箱の中には、食器や空のタッパーやスポンジや布巾が詰め込まれていた。どれも向こうで買えばいい、荷物の量にも限界があるからと、呆れた声で拓己が言っていたのをひろは覚えている。

それでも用意してしまうのだと笑う実里の気持ちが、ひろには痛いくらいにわかった。

「拓己は必ず蔵に戻ってくるて言うてるけど、先のことなんかわからへん。このまま瑞人みたいに東京に残ってしまうんかも……。そう思たらえらいさびしいもんやわ」

瑞人は拓己の兄だ。蔵を継ぐことなく東京で暮らしている。

拓己は今は清花蔵を継ぐつもりでいるけれど、いつかそれより夢中になることが見つかるかもしれない。

拓己はもう何にも縛られていない。己自身で未来を拓くことを知ったから、きっと悩んで迷って、それでも自分の道を選ぶだろう。そういう人だ。

「……ちゃんといってらっしゃいて、笑顔で言わなあかんね」

実里の言葉に、ひろは自分の手のひらを握りしめた。

「実里さん、わたしもがんばる……」

それだけで実里にも伝わったのだろう。実里がお玉を置いて両手を広げた。ぎゅっとひろを抱きしめてくれる。少しふくよかでほこほことあたたかい実里からは、甘い酒粕の匂いがした。

耳元で実里の声が聞こえる。

「ひろちゃんはいつでも来てや。拓己がおらへんでもええ、週一回でも月一回でも、うちでごはん食べていって」

実里が時折小さく息を吸うのは、涙をこらえているからかもしれない。

ひろはしっかりとうなずいた。

こんな風に時々、うれしさも楽しさもさびしさも共有できたらいい。それもまたこの土地で得たひろの縁だ。

ひろの体を離した実里は、もういつも通りだった。相変わらず魔法のような早業でお茶を淹れてくれる。

ひろが盆に乗せた湯飲みと急須を持って台所を出る時。振り返ると、実里は拓己のマグカップを新聞紙で包んで、ダンボールの中にそうっと入れるところだった。

それが、家族のあたたかさを宝箱に収めていくように、ひろには見えた。


その日の、清花蔵の食卓は春の旬が満載だった。

山と積まれた揚げたての春野菜の天ぷらに、蔵人たちと共にひろも歓声を上げた。

蕨にふきのとうにタラの芽、つくし、菜の花、穂先を丸ごと揚げた筍から始まり、身がふかふかの鱚、薄切りにして濃い味のタレに漬け込んだ鶏肉、大葉を巻いた豚肉と続く。

鮭とちくわ、大根がたっぷり入った粕汁は、味噌と酒粕の濃厚な出汁がほこほこと体を温めてくれた。

粕汁に舌鼓を打っていると、走り回っていた実里に声をかけられた。

「ひろちゃん、拓己呼んできてくれへん？　あの子、部屋戻ったままやわ」

清花蔵の冬の食卓に、皆そろっていただきます、のルールはない。だいたいこのぐらいが食事の時間と決まっていて、蔵人たちが入れ替わり立ち替わりやってくる。目の離せない仕事もあれば、二十四時間蔵に詰めていることもあるからだ。

ひろは辺りを見回した。皆が食べ始めたぐらいに蔵から戻ってきた拓己は、そういえば着替えると言って部屋に戻ったきりだ。

ひろはうなずいて椀(わん)を置くと二階へ上がった。廊下の先に拓己の部屋がある。

何度かノックして声をかけても、返事がない。ひろはしばらくためらっていたが、やがてそろそろとドアを開けた。

「お邪魔します……」

声をかけながらドアから中をのぞいて、ひろは目を丸く見開いた。

拓己は部屋の奥の机に突っ伏していた。肩が上下しているところを見ると、眠り込んでいるらしい。

「……拓己くん」

そっと声をかけてみる。しばらく待って起きる気配がないとわかると、ひろは意を決して部屋の中に足を踏み入れた。

ひろは拓己の顔を横からのぞき込んだ。もっと大きな声で呼べばいいとわかっているけれど――正直なところ、魔が差した。いつも人前で気を抜くことのない拓己の、貴重な姿だからだ。

腕を枕に眠っている拓己の、その端整な顔がいつもよりほろりと緩んでいるのを見て、ひろは思わずくすりと笑った。こうしていると、いつもきりりとしている拓己より少し子どもっぽく見える。

「――拓己くん」

とんとんと肩を叩くと、ぎゅうと眉を寄せた拓己がうっすらと目を開けた。顔を上げてしばらく戸惑っているように瞬きを繰り返している。

ひろと目が合って、ほんの少し息を詰めたようだった。

「……おれ、寝てたんか……」

「うん。実里さんに頼まれて呼びに来たんだ。ずっと内蔵に入ってるから、きっと疲れてるんだよ、拓己くん」

手のひらを組んで伸びをした拓己が、大きく嘆息した。

「……そうやろうなあ、正直結構キツい。自分では鍛えてるて思ててんけど、まだまだやった」

酒造りは体力勝負だ。何十キロもの米や水を運び、何時間も樽（たる）をかき混ぜる。ふつふつと発酵（はっこう）する音に耳を澄ませ、温度を感じ、すべての感覚を常に研ぎ澄ませ続けるのだ。蔵人や杜氏（とうじ）は仕込みの間中、二十四時間気の抜けない日々を過ごす。

特に内蔵は、杜氏の常磐(ときわ)と蔵元である父、正(ただし)、そして数人の蔵人だけで仕込みを行う。交代も期待できない。

「常磐さん、もうじいさんやのに毎年こんなことやったはるんやで、化け物やわ」

拓己が苦い顔で立ち上がった。ベッドに脱ぎ捨ててあったつなぎをハンガーにかける。その下に隠されるように埋もれていた服を見て、ひろは目を瞬かせた。

一目で上等とわかる、ネイビーのスリーピーススーツだ。

「これ、拓己くんが卒業式で着たスーツだ」

拓己が一瞬固まって、やがて苦い顔で言った。

「……そうやな」

拓己の大学の卒業式は一週間ほど前に行われた。新調したというそのスーツを着た拓己を見るのを、ひろも楽しみにしていたのだ。

だがその日、おめでとうと言うためにひろが清花蔵に顔を出した時には、拓己はとうに着替えてしまっていた。写真を見せてほしいと言ったのだけれど、自分のものは一枚も撮っていないという。

だから結局ひろはそれを着た拓己を、未だ見ていないのだ。

「東京に持っていくんだね」

ひろがそう言うと、舌打ちでもしそうな勢いで拓己の顔が歪んだ。どうもこのスーツの出所が気に食わないらしいのだ。

「仕事でも使えるから持っていけって……兄貴が」

不満そうにぼそ、とつぶやくのがおかしくて、ひろはくすくすと笑う。

このスーツ一式は、拓己の兄、瑞人から卒業祝いにと贈られてきたものだ。

瑞人は清花蔵を継がないと決め、拓己がその跡を引き継いだ。十歳離れた兄弟の間にはたくさんの想いや確執があって、ようやくそれがほろほろとほどけようとしているところだ。

「東京に行ったら、瑞人さんとまたゆっくり会えるね」

ひろがそう言うと、拓己が明後日(あさって)の方を向いたまま、それでもわずかにうなずいたのがわかった。

――食事が終わった後、ひろはいつものように縁側でじっと庭を見つめていた。縁側と庭を遮(さえぎ)る硝子戸を開けるにはまだ幾分肌寒い。

廊下で誰かの話し声がする。正と常磐、そして拓己の声だ。やがて拓己が盆を片手に縁側のひろの傍らへ腰を下ろした。

盆の上には湯飲みに入ったあたたかな煎茶(せんちゃ)、硝子の器(うつわ)には、宝石のようにつやつやと輝く苺(いちご)がたっぷりと盛られていた。

「今年初めてだ……!」

ひろはぱっと目を輝かせた。盆には赤いパッケージの練乳と小さなフォークが添えられている。小さな椀に三つ取ってたっぷり練乳をかける。横から拓己が瑞々(みずみず)しいミントの葉を添えてくれた。

大粒の苺を満足するまで食べて、ひろがふうと一つ息をついた頃。

「ひろ」

振り返ると拓己がこちらを見つめていた。まっすぐな視線が真剣な光を帯びていたから、ひろはなんとなく居住まいを正して拓己と向き合った。

「……内蔵の『清花』が、もう飲める」

小さく息を吸って、ひろはゆっくりとうなずいた。

「……うん、シロのところに行きたい」

ひときわ強い春の風が吹いた気がした。

2

私立深草大亀谷高校の中庭に、あたたかな春の陽がそそぐ。桜の枝には二つ、三つと薄桃色の花が開いていた。この分だとあと一週間もすれば満開になるだろう。

春風にふるふると花弁を震わせている桜を見つめて、ひろが顔をほころばせていると、横からとん、と肩を叩かれた。

「ひろ、前！」

ひろははっと我に返った。くすくすと笑い声が後ろから聞こえる。慌てて前の人との距離を詰めてから、ひろはそっと顔を上げた。

「陶子ちゃんごめんね……ありがとう」

ひろを促してくれたのは、友人の砂賀陶子だ。隣に並んだ列の少し前から、呆れた顔で振り返った。

「どうせ桜見てたんやろ」

「……はい」

陶子が肩をすくめた。

「今日くらいはキリッとしときや。――……最後なんやし」

中庭には三年生が、クラス別にずらりと並んでいる。いつも適当に制服を着崩している者も、今日はしっかりとボタンを留めたり、リボンをまっすぐに直している。

ひろも慌てて背筋をぴしりと伸ばした。

今日は深草大亀谷高校、三年生の卒業式である。

最初ひろは、こんなに実感のないものなのかと思った。

拍手に迎え入れられて体育館へ足を踏み入れた時も、みんなで練習した卒業の歌を合唱した時も、どこか人ごとのように感じていた。入場の順番を間違えないようにとか、歌は上手く歌えているだろうかとか、そんなことばかりで必死だったのだ。

もう卒業なのだと意識したのは、卒業証書授与で壇上から振り返った時。

体育館の紅白の幕を背に、祖母と、東京から日帰りでやってきた母が見えた瞬間だった。

母は美しい模様の入ったハンカチで目元を押さえて、たぶん泣いていた。その口元が柔らかく微笑(ほほえ)んでいる。

母の意図した高校ではなかったけれど、それでも喜んでくれたのだと思った時、どうしようもなく胸がいっぱいになった。

それからクラスの列に椿(つばき)と結香(ゆか)がいるのが見えた。隣の列に陶子と達樹(たつき)がいて、ここ数カ月で仲良くなったクラスの子たちがいて。

その全部とここでひと区切りなのだと思ったら、途端に強烈にさびしくなった。胸の中から押し出されるように涙があふれた。

体育館を後にして、卒業生はグラウンドで一度解放される。晴れた青空の下、部活もすべて休みのグラウンドは、保護者や後輩たちであふれかえっていた。

「——ひろ、目ぇ真っ赤やん」

陶子が肩を震わせて近寄ってくる。

陶子は両腕にあふれんばかりの花束を抱えていた。陸上部の後輩たちからだ。陸上部のエースで部長だった陶子を慕う後輩は多い。もみくちゃにされて、せっかく整えていた制服がぐちゃぐちゃになっていた。

「……だって、これで終わりかと思ったらさびしくて……」

ひろがつぶやくようにそう言うと、椿が隣でくすくすと笑った。

「ひろちゃんも急やなあ。昨日までそんなことなかったのに」

そういう椿と陶子だって目の端が赤い。

ここで一度、本当にお別れなのだ。

今まで通りに会うことも遊ぶこともきっとできないだろう。それぞれの道を進む晴れの日は、うれしさと誇り高さとさびしさが全部ない交ぜになる。

陶子がふいにあたりをぐるりと見回した。

「今日、清尾(きよお)先輩は？」

首をかしげたのはひろだ。

「さあ、たぶん蔵だと思うけど。どうして？」

「……いや、てっきり来てそうなもんやのになて思て」

ひろは肩をすくめた。拓己はすっかりひろの保護者として定着してしまっている。

陶子がいそいそとポケットからスマートフォンを取り出した。

「ひろが見たいて言うてた、清尾先輩の写真。兄貴にもらってきた」

「えっ！」

ひろはぱっと顔を跳ね上げた。

拓己は自分の写真を持っていないと言うし、実里も正も蔵が忙しくて卒業式に行けなかったと言っていた。

だからだめで元々、というつもりで陶子に頼んでみたのだ。陶子の兄、大地(だいち)は龍ヶ崎(りゅうがさき)大学で拓己の後輩でもある。

わくわくとスマートフォンの画面をのぞき込んで、ひろは息を呑(の)んだ。

卒業式の後に行われる小さなパーティ、謝恩会の会場なのだろう。拓己はあのネイビーのスリーピーススーツを着ていた。

ネイビーの生地は細いラインが上品な格子柄(こうし)。同じ色だが無地のベスト、シャツは艶(つや)のある白色で、ネクタイは深みのある臙脂色(えんじ)だった。つやつやに磨かれたプレーントゥの革靴は、ひろが見たことがないものだからたぶん新品だ。髪をオールバックにかき上げて、どこか少し呆れたように笑っていた。

その隣にはどうやって入り込んだものか、後輩の大地がパーカーにジーンズで、両手でピースを構えている。明るくて社交的な大地らしかった。

ひろは写真の中の拓己を見つめて、思わずぽつりとこぼしていた。

「……かっこいいなあ」

隣で陶子が肩をすくめている。

「こんなんで式に出はるから、結構な騒ぎやったらしいで。先輩から後輩から、あちこちでもみくちゃにされてたんやて」

ほら、と陶子が別の写真を見せてくれる。

そこには拓己と写真を撮る、たくさんの女性が写っていた。

同じ卒業生だろう。色とりどりの美しいドレスと完璧にセットされた髪、美しい化粧に、たくさんのアクセサリーが、首元や手首で輝いている。

　その華やかさはひろではどうしたって手に入れられないものだ。

「結構気ぃよく写真撮ってくれてたらしいし、頼まれたら断れへんて、そういうとこあらはるよなあ、清尾先輩」

　陶子の言葉に、ひろはきゅうと唇を結んだ。

　拓己はわけへだてなく人に優しい。その優しさはたくさんの人を引きつける。

　手を伸ばされて夢見るような心地になって、そうしてある時、その優しさは自分だけが特別ではないと知るのだ。

　ひろだって幼い頃から嫌というほどその恩恵にあずかっていた。

　けれど拓己のいっそ残酷(ざんこく)なその優しさにはわけがあって、ひろはその理由を知っている。

　だから拓己が自分に向ける優しさが特別でないことだって十分にわかっていた。

　――……わかっていたはずなのに、今更その光景に胸が痛むのは、気がついてしまったひろの恋心のせいだ。

　黙り込んでしまったひろの頭上で、陶子と椿が顔を見合わせていたのがわかった。椿の静かな声がする。

「ほんまにええん、ひろちゃん。先輩、もう何日かで東京行かはるんやろ。言わんでええの？」

ひろは首を横に振った。好きだと伝えて特別になれる、ほんのわずかな可能性を選ぶより、幼馴染(おさななじ)みでいることを、ひろは選んでしまった。

「情けないけど、やっぱり怖いんだよ」

そうつぶやいた途端、わけもなく涙があふれた。

もし、これからたくさん勉強して人と関わって、拓己のように大好きな人を助けることができるようになったら、拓己に胸を張ってこの気持ちを伝えられる日が、いつか来るかもしれない。

そうしたら――……あの黄緑色のワンピースを着よう。

ひろはもう着ることのない制服の袖(そで)で、ぐっと涙を拭(ぬぐ)った。陶子と椿と三人でぎゅっと抱きしめ合う。

二人はもう何も言わなかった。

その日の夜は珍しく、はな江(え)よりひろの方が帰りが遅くなった。クラスの面々で打ち上げがあったのだ。

一次会は焼き肉、二次会は堀川通(ほりかわどおり)まで行って別のクラスと合流すると、アミューズメント施設でボウリング、三次会は同じ場所でカラオケというコースで、そのすべてに、椿や結香と共にひろは参加した。

写真をたくさん撮って、またね、と言い合って。さびしくてたまらなかったけれど、転校してから二年半、この学校でよかったと心底そう思った。

学校が楽しかったのだと、初めてひろはそう思ったのだ。

帰ってからは、その日中に東京に戻った母、ニューヨークの父と三人で電話をし、風呂から上がると零時をとうにまたいでいた。祖母はすでに自分の部屋に戻っている。

眠い目をこすりながら、ひろは台所で湯たんぽ用の湯を沸かしていた。エアコンのないひろの部屋は小さなストーブが一つきりで、まだ夜中になると冷え込むのだ。

ふつふつと湯が沸く音を聞きながら、ひろは心の中でぽつりとつぶやいた。

明日は――。

内蔵の酒は仕込みが終わったと、そう拓己は言った。明日、ひろはそれをもらいに行くつもりだった。午前中は拓己は道場に行くと言っていたから、午後だろうか。

それから……貴船に行く。

シロはきっとそこにいると、ひろは思っていた。

ひろは顔を上げて耳を澄ませた。

この冬、時折耳を澄ませると小さな歌を拾うことがあった。

——凪になびくもの　松の梢(こずえ)の高き枝　竹の梢とか　海に帆かけて走る船　空には浮雲　野辺(のべ)には花薄

この声の主をひろは知っている。
貴船に棲むシロの古い知り合い、美しい水神である花薄の声だ。
北からの強い風に乗ってここまで届いているのだろうか。
ひろにはそれが、花薄が自分を呼んでいるような、そんな気がしている。
それはきっとシロがそこにいるからだと。ひろはそう直感していた。
ひろが湯たんぽを抱えて、二階に上がろうとした時だった。

ぽん。

歌とも違う小さな音を拾って、ひろは辺りを見回した。何かが空気を含んではじけるようなかすかな音だ。

ひろは階段を上がるのをやめて客間へ戻った。掃き出し窓を開けてその奥の雨戸に手をかける。半分ほど開くと夜の空気が染み入ってきた。

夜半はまだ冬の気配が色濃い。身震いするほどの寒さをこらえて、ひろは縁側から下りた。

蓮見神社の庭には小さな池がある。地下水をくみ上げて流している場所だ。

その傍に、ひょろりと長い茎が二本伸びていた。一本の先端に大きなつぼみが、もう一本には花がついている。

蓮だった。

咲いた花びらの先端は紅色、茎に向かうにつれて淡い白がじわりと滲んでいる。傷一つない美しい花びらだ。

ひろは瞠目した。

蓮は初夏、朝日と共に咲く花だ。それに泥の中で育つもので、こんな固い大地から茎を伸ばすようなものではない。

ひろの見ている先で、ふるりとそのつぼみが震えた。

ぽん。しゃらら、と硝子が砕けるような音を立てて、花が開く。ふわりと白色の花弁が夜闇に広がった。

その光景は息を呑むほど美しく、同時にとても怖いもののような気がして。

ひろはしばらくその蓮をじっと見つめていた。

3

中書島(ちゅうしょじま)にある小さな剣道道場で、拓己は最後の稽古(けいこ)を終えたところだった。

二年前、剣道の稽古をし直すと決めてから、暇を見て通っていた道場だ。現役時代に指導してもらった先輩、重田康智(しげたやすとも)の道場だった。

拓己は防具を外して、タオルで汗を拭いながら大きく息をついた。

「――結局お前、一回もおれに勝たれへんかったな」

そう声をかけられて拓己は顔を上げた。

納戸を改装した更衣室の入り口で、藤本仁(ふじもとじん)が腕を組んだまま、にやにやとこちらを見ている。片手に持った二本のペットボトルの内、一本をこちらによこした。

仁は拓己の高校時代からのライバルだ。京都の北にある男子高の元剣道部主将で、現役時代は拓己と何度もしのぎを削り合った。仁は大学に行ってもそのまま剣道を続け、拓己は高校で一度、その道を捨てたのだ。

蔵を継ぐためにまっすぐ前しか見ていなかった、その時の選択に後悔はない。だが現役で竹刀(しない)を振り続けているライバルに――もう一度戦おうと道場まで通ってくれる仁に、拓己は結局一度も勝てなかった。

それは正直なところ、悔しくてたまらない。

拓己はペットボトルの半分ほどを一気に飲み干すと、悔しさを押し隠してふ、と笑った。

「勝ち逃げのつもりか？　盆に帰ってくるからその時は覚えとけ」

拓己は東京でも剣道を続けるつもりだった。康智の紹介で新しい道場も探してある。仁は実家の寺を継ぎながら、社会人剣道を続けると言っていた。

道場の縁側に二人そろって腰かける。春の穏やかな風が吹き込む縁側で、拓己はわずかに目を細めた。

背後の道場ではまだ甲高い小学生の声が響いている。小学生や中学生の稽古が中心の道場では拓己や仁が一番の年長者だ。

「後で稽古つけたらな」

そう言った仁に、拓己は無言でうなずいた。二人とも高校で部長を経験しているから、どうしたって面倒見がいい。

拓己はペットボトルに口をつけた。盆に帰ってきた時にまた顔を出してもいいか、康智に聞いておかなければと、そんなことを考えていた時だ。

　仁が何でもないように言った。

「お前さ、いい加減ひろちゃんに告らんの？」

　口から水を噴き出しそうになって、拓己はごほごほとむせた。

「は……何？」

　突然何を言い出すのかと、傍らの仁をじろりと睨みつける。

「ひろちゃん。好きなんやろ」

　拓己は舌打ちしたくなった。ライバル同士長く向き合ってきただけあって、仁は拓己の気持ちに妙に聡い。押し隠していた想いが知られているだろうということは、ずいぶん前から見当がついていた。

　仁が呆れたように言った。

「卒業なんてええタイミングやん、さっさと告れや」

　まったく情緒も何もあったものではないと、拓己は大仰に嘆息した。だいたい、卒業ぐらいでこのもどかしい距離を詰められるなら苦労などしていないのだ。

　そもそも――距離を詰めたいのかも、もうわからない。

「そんなんやあらへん」

何にも答えていない曖昧な返事を、仁は許さなかった。

「ひろちゃんかて大学生になる。すぐに女の子やなくて――女の人になる。横からかっさらわれるで」

呆れた顔でこちらを見やってくる仁に、拓己は顔をしかめた。痛いところを突かれて苛立つのは、我ながら子どものようだ。

ふと一人の男が浮かんだ。拓己の後輩でひろの同級生だ。ひろと同じ大学に行くと言っていた。ひろの唯一と言ってもいい男の友人だった。

ひろに信頼できる友人ができるのは喜ばしいことだと、己の理性は言う。けれど心のもっと奥深いところで、大人げない自分がじくりと胸を締めつけるのだ。

「お前、まさか幼馴染みで信頼されてるから大丈夫て、そういうのにあぐらかいてるんとちがうやろな。今までとちがって、毎日会われへんのやで」

「……わかってる。だから……」

仁の言葉に拓己は苛立ったようにがしがしと自分の髪をかき混ぜた。

「だから……？」

仁が眉を寄せた時だった。

ぽん、と小さな音がした。

拓己と仁はそろって庭へ目を向けた。道場を広く取ったせいで、やや狭くなった庭の端に、ひょろりと何かが伸び上がっている。

それは細い茎のようで、先端に薄紅色の花が開いていた。

「……あんなとこ、花なんか咲いてたか？」

仁の言葉に、拓己はどうだったかな、と曖昧に首をかしげた。

康智に花を育てる趣味があっただろうか。庭は見栄えが悪くない程度に掃除はされているが、これといった植物はなく殺風景だ。

そもそもあれは蓮の花だ。

蓮は地面ではなく泥の中から咲く花で、いや、それより開花の季節は春ではなく夏ではなかったか。

いろいろな疑問が拓己の頭の中を埋め尽くした、その瞬間。

ずるり、と地面から、新しい茎が伸び上がった。あっという間に先端にふっくらとしたつぼみが育つ。植物の成長動画を早回しで見ているような心地で、拓己の全身から血の気が引いた。

それも一本や二本ではない。庭中あちこち、木々の隙間（すきま）、縁側の下からずるり、ずるりと蓮の茎が頭を出してくる。

「おい、仁……」

自分の声が乾いているのがわかる。傍らから硬い声が返ってきた。

「見えてる」

仁も寺の息子だ。拓己やひろと同じで不思議なものを見る目を持っている。拓己と仁は顔を見合わせた。

――あれはこの世のものではないものだ。

ぽんという音の後に、硝子がこすれ合うようなしゃらしゃらとした音が聞こえた。次々と蓮の花が開いていく。

あっという間に庭中が蓮畑になった。

その光景に拓己と仁は絶句する。

後ろの道場で何ごともないかのように子どもたちが稽古をしている音だけが、現実と自分たちとを繫いでくれているような気さえした。

同じ頃、蓮見神社ではひろの祖母、はな江が鳴り止まないスマートフォンを片手に走り回っていた。

「ひろ！　行ってくるわ」

「う、うん！」

髪も結わずに慌ただしく出て行った祖母を、ひろは玄関で見送った。あの様子だと今日は帰ってこないかもしれない。

玄関から蓮見神社をぐるりと見回して、ひろは眉を寄せた。

蓮見神社の境内は、まるで泥中の蓮畑のようだった。

小さな鳥居も社も手水舎も、春になって芽吹き始めていた庭の植物も、すべて蓮の花に覆われている。

八重の花弁を持つ白色、炎のような紅色、愛らしい桃色と色とりどりの花が咲き誇っている。その隙間から、厚みのある丸い葉が顔をのぞかせていた。大きなものはもうひろの喉ほどまで伸び上がっている。

蓮はよく見るとうっすらと透けていて、ひろが触れるとするりと通り抜けてしまう。

まるでよくできた幻のようだった。

ひろは蓮の隙間を縫うように、ぐるりと庭を回った。

いつも縁側から見えている裏庭の一部に、ひときわ蓮が集まっているところがあった。池だ。ひろは慌ててかけ寄った。湧き水の滝が小さな池に注いでいるはずが、今はぽたり、ぽたりと雫がこぼれ落ちるばかりだ。

八重の花を咲かせる幻の蓮の前で、ひろは考え込んだ。この蓮はもしかしたら、地下水や井戸水を吸い上げて咲いているのかもしれない。

庭を一周回って鳥居の前に出る。

地下水と聞いて、一番最初に思い浮かぶのははす向かいの清花蔵だ。ひろは焦る気持ちを抑えて鳥居の外に駆け出した。

鳥居の外でひろは絶句した。目に見える町中すべて、蓮の花が咲き乱れていたからだ。

ベビーカーを押した女性が、蓮の花の間をゆっくりと通り過ぎていった。隣を歩く女の子は、自分より背が高い蓮の花に、まったく目も向けていないように見えた。

見える人が限られていることだけが救いだ。そうでなければ今頃、これ以上の大騒ぎになっていたところだと、ひろはほっと息をついた。

「――ひろ！」

呼び止められてひろは振り返った。デニムにジャケットを羽織った拓己が走ってくる。肩に大きな荷物を引っかけていて、そういえば午前中は稽古の予定だと言っていたから、道場からそのまま走ってきたのかもしれなかった。

うっすら汗が滲んだ額（ひたい）を手の甲で拭って、拓己が周りをぐるりと見回した。

「どうなってるんや、これ」

拓己にも蓮の花が見えているらしい。

中書島の道場で稽古の最中に、庭から蓮の花が生えてきた。道場の中でそれを見ることができたのは、拓己と仁だけだったという。

ひろは首を横に振った。

「わたしもわからないんだ。おばあちゃんもわからないって……。でも、この分だと、町中大変なことになってるかもしれない」

拓己がうなずいた。

「うちからも、水止まってるて連絡来た」

拓己は、おもむろに蓮の花に手を伸ばす。

「引っこ抜いたら何とかなるんか」

拓己が茎をぱきりと折り取った瞬間、花は手の中でざらりと砕けて消えてしまった。

そうしてすぐ傍でまた、ぽん、しゃらりと花開くのだ。

これではきりがない。ひろが小さく息をついた瞬間だった。

――おまち、もうしあげて……おります。

ざらり、とひろの耳がその声を拾った。

壊れたラジオのような、背筋がぞっとする声だ。男か女か、大人か子どもかもわからない。たくさんの音を無理やり重ねたようで、気持ち悪かった。

だが、聞き覚えのある声だった。

ひろは南の方に顔を向けた。

声が聞こえている先に向かって、ふらりと歩き出す。

「おい、ひろ」

「こっちで、すごく大きくて気持ち悪い声がする」

「こっちて……宇治川か」

ひろは首を横に振った。

「……もっと、もっと先なんだ」

清花蔵から南に行くとバイパスと線路が通る高架下を抜けることができる。その先は拓己の言う通り宇治川だ。そしてその向こうは――。

拓己が息を呑んだ気配がした。

「……巨椋池か」

川を越えた先は、向島地区。西側は広大な巨椋池干拓地……かつて巨大な池がそこにあった。

「……行くんやったら、駅まで戻って電車の方が速い。観月橋(かんげつきょう)まで回ったら時間かかる」

拓己が硬い声で言う。ひろはうなずいた。

「拓己くんは清花蔵に戻って。わたし、この声の方をちょっと見てくる」

得体の知れないものに立ち向かうのは怖い。けれどわたしは蓮見神社の子なのだ、とひろは自分に強く言い聞かせる。

それに声が聞こえるのなら、これはひろの力で解決できることかもしれない。人ではないものの声を聞き想いをくみ取ることが、ひろのできる唯一のことだから。

拓己はわずかにためらったあと、ふうと大きく嘆息した。

「……蔵には親父も常磐さんもいたはる。どのみち原因はそっちにありそうやし……白蛇(しろへび)もいてへん。一人で行かせるわけにはいかへん」

そうしていつも通り、ひろの少しだけ前に立って歩いてくれるのだ。

ほら、と振り返ってわずかに首をかしげた拓己を見て、ひろは唇を結んでゆっくりとうなずいた。

「……うん。ありがとう」

自分よりずっと大きくてあたたかいその拓己の背が、どれほどの勇気を与えてくれることか。

——……本当はちょっとだけ心細かったのだと。

ひろは口に出さずにそっと胸の内でつぶやいた。

ひろたちを乗せた近鉄電車が高架にさしかかる。窓の外、眼下に流れるのは宇治川だ。

宇治川は、京都の南側を東西に横断する一級河川である。もう少し川下で木津川、桂川と合流し大阪湾まで流れ込んでいる。古くから大阪と京都を繋ぐ舟運の要所であった。

上流で雨でも降ったのか、川の流れは重くあちこちで白い渦を巻きながらどうどうと流れていた。

この宇治川の周囲で大規模な工事を行い、流れを変え、舟が通れるように整備したのが、太閤、豊臣秀吉だ。

そうして巨椋池——かつての大池に手を入れたのも。

湖と呼んでもいいほどの広大な池は夜空の月をうつし、たくさんの生き物を育み——そして美しい蓮の花を咲かせたという。

その大池は、時を追うごとに少しずつ埋め立てられ形を変えられ——昭和の初め、病気の温床となり、とうとうすべて干拓された。

近鉄向島駅の出口を出ると、ひろと拓己の目の前に広がったのは、広大な田畑だった。

宇治川の南岸に広がる巨椋池干拓地——かつてのシロの棲み家だ。

宇治川の土手にある葦原はひろも見たことがあるけれど、かつての巨椋池をこんなにしっかりと見たのはひろも初めてだ。

「空が広いね……」

見上げて、ひろはつぶやいた。

京都は建物が低いから、東京よりずっと空が広いといつも思っていたけれど、それでもここは別格だった。

春の青空が視界いっぱいに広がっている。そびえる鉄塔のシルエット、電線が空を斜めに切り裂いている。田畑の真ん中にぽつぽつと立つ建物以外、遮るものはほとんどない。

風がずっと強く吹き渡る。

「……ここが、シロの場所なんだ」

風に乗って、ぽん、しゃらら、と蓮が花開く音が聞こえた。

視線を空から下ろすと、目の前には幻の蓮畑が広がっていた。

広がる田畑は見渡す限り、すべて蓮に覆い尽くされている。

人の背よりも高い葉が乱立し、その間からひょろりと茎が伸びている。先端にはどれも大きなつぼみか花がついていた。

——おまち、もうしあげて、おります。

ざらりとした音が空に反響するように響く。

「行ってみるか?」

拓己に問われて、ひろはうなずいた。蓮畑へ足を踏み入れる。

幻の蓮たちはひろたちが歩くのを妨げることはないけれど、時折目の前で花開く蓮は、幻想的で、どこか恐ろしく感じた。

「……拓己くん、これ……」

ひろは足元に広がる蓮の花をじっと見下ろした。蓮見神社や清花蔵の傍にあったものより、ずいぶんちかちかと光ると思ったからだ。

透き通った硝子を幾重にも重ねたような蓮のつぼみだ。陽の光をたっぷりと浴びて、きらきらと輝いていた。

ほろり、とその花びらがつぼみからほどけた。しゃらしゃらと硝子がこすれ合うような音がして、蓮の花が開いていく。

——ひろは一気にそれに見入られた。

花びら一枚一枚が透き通っていて、空を透かすほど薄い。陽の光を浴びて、地面にとろりとした陰影を刻んでいる。繊細な硝子細工のようにすら見える。

まるでこの世のものではないような美しさだった。

ひろは息を呑んでその姿に見入った。

この美しい蓮を、ひろは見たことがある。

「拓己くん、この蓮……志摩さんのところで見た」

蓮に釘付けのまま、ひろはそうつぶやいた。隣で拓己が怪訝(けげん)そうな声を上げる。

「志摩さんの？　ああ、写真で見せてもろたやつか」

合点がいったという風に、拓己がうなずいた。

一月に宇治の庭師、志摩に山茶花(さざんか)の枝をもらいに行った。その時に見せてもらった写真の蓮に、とてもよく似ている気がしたのだ。硝子細工のような花が咲く蓮の写真だった。

「……知り合いの人が咲かせたんだって、志摩さん言ってたよね」

志摩との会話が一気によみがえってきた。

たしかあの蓮は失われた巨椋池の蓮の種から芽吹いたものだったはずだ。ひろがそう言うと、拓己がうなずいてポケットからスマートフォンを引っ張り出した。

電話に出た志摩は、硝子の蓮を咲かせた人のことを知りたいと言った拓己に驚いたようだった。そして、困ったようなうなり声が返ってくる。

「おれも紹介したいんだが……」

スピーカー設定にした電話から聞こえてくる志摩の声は、困惑しているように聞こえる。

「どうかしはったんですか？」

拓己が問うと、ためらったような沈黙の後に答えが返ってきた。

「――入院しているそうだ。病気らしいんだが……眠り込んだまま目を覚まさないと」

ひろはざわりと背筋が粟立つ心地がした。

電話を切ったひろと拓己は顔を見合わせた。

「……どこかで聞いたような話やな」

ため息交じりに拓己が言う。ひろもうなずいた。兄の夢に囚われていた志津と同じだった。

考え込んでいたひろの肩を拓己が叩いた。

「ひろ、上！」

ひろははっと空を振り仰ぐ。青い春の空を、黒い線が切り裂いたのが見えた。

燕だ。

黒い燕が干拓地に現れた蓮畑の上を、切り裂くように西に向かって飛んでいく。ふいに高度を下げて、蓮畑のどこかへ下り立ったのをひろは見た。

「……お母さんと、志津さんの傍にいた燕だよね」

「ああ」

隣で拓己が硬い声でうなずいたのがわかった。

悪夢を見ると言った母、夢に囚われ、目覚めなかった志津と、志摩の知り合い。そして、黒い燕。すべてがこの蓮畑に繋がっている。

若き日の母や志津は夢の残滓(ざんし)だとシロは言った。人を夢に誘い、そのかけらをあの燕が運び去っている。

ではこの蓮畑もそうなのだろうか。

誰かの醒(さ)めない夢の名残が――硝子の蓮になって咲き誇っているとしたら。

――……おまち、もうしあげて……。

ざわりと声が揺れた気がして、ひろは息を呑んだ。

――かつての、すがたを。

――うばわれたものを。

――うつくしい、つきと、はすの……。

――とりもどす。

幾重にも重なる声が、耳の奥で反響する。ぐらぐらと頭が揺れる気がして、ひろは眉を寄せて耳を押さえた。

顔を上げると、拓己が心配そうにひろを見下ろしていた。

「ひろ、声聞こえるんか」

「うん……。この蓮が何かはわからない。でも……何を望んでるのかは、わかる」

この夢ははたして、誰の夢なのだろうか。

「この蓮は、大池を取り戻そうとしてるんだ。そうして誰かを待ってる」

そしてこんな風に周りを食い尽くすほどの大きな力を持った夢の持ち主を、ひろは一人しか知らない。

珍しく夢を見たと……あの夜言っていたのではなかったか。

目の前で開く硝子の蓮を見つめて、ひろは唇を結んだ。

ほとんど直感だった。けれど、間違いないと思った。

この蓮畑は、シロの夢だ。

——おまち、もうしあげて……。

そうしてこの蓮はシロ——かつての主を待っているに違いなかった。

4

次の日、京阪電車に揺られながら、ひろは窓の外をじっと見つめていた。

伏見桃山から丹波橋、墨染と窓の外を景色が流れていく。

蓮の花は伏見——特に宇治川北岸から離れれば離れるほど、収まっていくようだった。伏見稲荷駅ではもう一本も見られない。

「やっぱり……うちの蔵までぐらいがひどいんやな」

隣に座っていた拓己の顔が苦々しく歪む。拓己は厚手のジャケットとデニム、足元は歩きやすいようにスニーカーだった。

昨日見に行った清花蔵の内蔵は、散々な有様だった。

地下水を吸って咲いているらしい蓮たちにとっても、特に内蔵の神酒はずいぶんなごちそうのようだった。

黒く焼いた板でぐるりと囲われた漆喰(しっくい)の蔵は、壁から紅色から白、桃色まで色とりどりの蓮が突き出している。まるで巨大な生き物に、蔵ごと食い荒らされているようにひろには思えた。

正も常磐もこの異常には気がついているようだった。幸い、向かいの工場にあるタンクの酒はまだ無事だったが、この分だとそれもいつまでかはわからない。

あの蓮は放っておけば伏見を埋め尽くしてしまうかもしれない。伏見の下には豊富な地下水が蓄えられている。その水を吸い尽くし、年中美しい蓮の花を咲かせる異界の池になる。

「もしあの硝子の蓮がシロの夢なら、お母さんや志津さんの時みたいに、シロはきっと何かを望んでる。それを叶えてあげたいって思うんだ」

だからシロと会って話したいのだと。ひろは自分の膝(ひざ)に抱えた小さな包みを、ぎゅっと抱きしめた。

これが唯一残った、今年仕込んだ神酒『清花』だ。

「初しぼりの分、残っててよかったわ」

拓己が隣で小さく笑った。

冬の間に仕込んだ酒は発酵が進んだ春先、熟成する前に一度樽を開く。初しぼりと呼ばれ、冬から春にかけての酒蔵の風物詩だった。

初しぼりの『清花』は一升瓶（いっしょうびん）に二本分だけ。そのうち、ひろが分けてもらったのは小さな瓶一つ分だ。

風呂敷で包まれた瓶を、ひろはしっかりと抱きしめた。

貴船口（きぶねぐち）駅で電車を降りて、ひろはふるりと身を震わせた。

貴船は京都の街中より十度も気温が違うという。ぽかぽかとあたたかい春先の気配が、一気に冬まで引き戻されるような心地だった。

厚着をしてきて正解だったと、ひろはキャメルのコートを胸の前で合わせた。

どうどうと水の流れる音がする。貴船川がすぐ傍に流れているのだ。

岩や石にあたって跳ね返る水音の合間に、木々を風が抜けるさやさやとした音や小鳥の雛（ひな）のちいちいとした鳴き声が混じった。

桜のつぼみは今にもはじけそうに丸々と膨らみ、若芽の萌える鮮やかな黄緑が、木々の端々からほんの少し顔を出していた。

胸いっぱいに息を吸えば、花や木々の香りが入り混じった独特の春の匂いがする。

貴船にも確かな春が訪れている。

その春の風の隙間に、ひろは小さな声を聞いた。

——風になびくもの　松の梢の高き枝　竹の梢とか　海に帆かけて走る船　空には浮雲

野辺には花薄

「花薄の声だ……」

近くなるとよくわかる。その声の端々にはどこか切羽詰まったような響きが隠されているようにひろは感じた。

やはり花薄はひろを呼んでいる。

心なしか急くように、ひろはバスのステップを駆け上がった。

バスは貴船の川に沿って山を上がる。曲がりくねった山道の先に、食事処や宿が連なる一角がある。その先、左手側は貴船神社の本宮が鮮やかな朱色の鳥居を見せていた。

バスを降りて山を上がると、貴船神社の奥宮が、さらにその少し先の貴船川には小さな橋がかかっている。

そこが高級旅館『先富』の入り口だった。

先富では、宿の主人である富松三吾が出迎えてくれた。以前先富絡みの事件を解決した折り、三吾には世話になっている。

「御無沙汰(ごぶさた)しております。その節はえらい世話んなりました」

三吾は京都の商売人らしく、いつも柔和な笑みを浮かべているけれど、その底が知れない。それがひろには少し苦手だった。

「いつお二人が『桃源郷』に泊まってくれはるんか、心待ちにしとりましたんえ」

とんでもない、とひろと拓己は、そろって首をぶんぶんと横に振った。

拓己がはは、と苦笑する。

「おれらなんかでは、とても……」

先富が誇る美しい離れ『桃源郷』は、ホテルで言うところのスイートルームにあたる。一泊でも目の飛び出るような値段がするのだ。

「いつでもお待ちしてますさかい」

本気かどうかわからない笑みで言った三吾が、ふっとその表情を消した。

「――桃源郷の特別なお客様も、お二人を待ったはるんとちがうやろか」

「……え」

ひろが問い返すと、三吾は肩をすくめて桃源郷へ続く廊下を指した。

「今朝、桃源郷の部屋の前に桜が咲きました。月に一度か二度あるかないかやけど、特別なお客様がお使いになるいう合図です」

三吾が説明してくれたところによると貴船での騒動以来、客の予約のない時に、桃源郷の部屋に季節問わず桜の花がぽつりと咲くことがあった。

そういう日はどこからか歌が聞こえたり、部屋に奇妙な気配がする。

だからその桜が散るまでは掃除にも入らない。先富にはいつの間にかそういう不文律ができたそうだ。

不可思議との奇妙な同居は、この土地では大して珍しくもないことだ。最初はそういう関係性を忌避していた三吾も、今は半ば諦めたように苦笑交じりのため息をついていた。

三吾に見送られて、ひろと拓己は桃源郷へ向かった。

先富の本館の中から渡り廊下を通り、備えつけられている靴を使って一度外に出る。丁寧に整えられた石段を上がると、唐突にぶわ、と視界が広がった。

眼下にはどうどうと流れる貴船川。深い貴船の山々はひろも拓己もただの小さな人なのだと、そう思わせるほど圧倒的だ。

ひろはほう、と息をついた。

先富の離れはその山中に、全部で四つある。庭から見える景色にちなんでそれぞれ名がついていた。『清流』『飛雲』『山稜』——そして『桃源郷』。

『桃源郷』は他の三つの部屋より少し高い場所にある。こぢんまりとした、けれど丁寧に作られた美しい離れだ。入り口までの石畳には左に紅葉、右に桜の木が植えられていた。

その桜の木に三吾が言った通り、ぽつりと一輪花が開いていた。

——その花の下で銀糸を織り込んだ紺色の振り袖が揺れた。

ひろははっと顔を上げた。

「花薄……」

ひろの声に応えて、花薄の長い銀色の睫がはたりと瞬く。

「ずいぶん遅かったな」

銀色に近い長い髪、同じ色の睫の合間からのぞく瞳は、月と同じ金色だ。紺の振り袖は花薄が身じろぐたびに銀糸がきらきらと光を反射した。

花薄は貴船の天候を司る神だ。瞬き一つで雲を払い、指先で宙をなぞって雨を降らせる。かつてシロの住む洛南の水を枯らし、断水の夏の原因になった。その気になれば今でも、南一帯を枯らす力を持つ。

「指月を連れ戻しに来たか？」

花薄の低い声が響く。ひろはごくりと息を呑んだ。

「わたしはシロと話をしに来たの。伏見に帰るかどうかは、シロが決めることだよ」

花薄の金色の瞳がぐっとつり上がる。

「……話をするだと？　指月は言ったぞ。おれはもう必要なくなったと」

花薄の言葉にひろが眉を寄せた瞬間。

花薄の指先がついと宙を舞った。

どう、と重い音さえ聞こえるほどの、強い風が吹いた。ひろは慌てて足をふんばった。

空に雲がぐるぐると動いている。しっかり立っていないと吹き飛ばされそうだった。

「――お前が指月を捨てたのだろう。枯れた夏に気まぐれに手を伸ばし、くだらぬ名までつけたくせにいらぬからと放り出した。あの時わたしに、指月はやれぬと言ったくせに！」

ひろを吹き飛ばさんばかりのこの風は花薄の怒りだ。

ひろは目一杯首を横に振った。

「違う！」

「何が違う！」

花薄は激昂(げきこう)している。その瞳に鋭く見つめられるだけでひろの背筋を冷たいものが走った。これが畏怖(いふ)というのだろうか。

美しく大きくて――尊いものと相対している、そういう感覚だった。

唇が震える。ちゃんと花薄と向き合わなくてはと思うのに、体が言うことを聞かない。

かたかたと鳴る奥歯を噛みしめて、ひろがぎゅう、と『清花』の包みを抱きしめた時だった。

「ひろ」

拓己の大きな手が、とん、とひろの背中を叩いた。

ひろは慌てて振り返る。こちらを見る拓己の目と視線が合った。吹きすさぶ嵐の中、拓己のその両手が今度は肩を支えてくれる。

大丈夫だと、そう言ってくれている気がした。

大きくてあたたかくて。この手が傍にあるなら、ひろは何だってできるのだ。

ひろはぐっと腹に力を入れて、花薄と向き合った。

髪が吹き散らされるような強い風の中で、ひろは見た。

嵐のような、酷薄(こくはく)で美しい笑みを浮かべている花薄の、その瞳が揺れている。今にも泣きそうなほど、深い金色がゆらゆらと揺らいでいる。

不安で怖くてたまらないのだと。そんな風に訴えているように見えた。

ひろは『清花』の包みを拓己へ預けた。体が動くままに、風を泳ぐように花薄へ駆け寄る。見開いた金色の瞳とまっすぐ向き合った。

「……違うよ、花薄。わたしにはシロが必要なの。だから話をしに来たんだよ」

花薄の美しい顔が歪んだ。ぎり、と歯を食いしばったのがわかる。

「ではどうして……指月が傷ついているのだ」

ひろは花薄のほっそりとした指先にそっと触れた。わずかに震えている。ひろは首を横に振った。

「わからない。だからシロの話を聞きたい。わたしたちは……たぶん言葉が足りなかった」

ひろは唇を結んだ。

——結局のところ、心のどこかでシロと線を引いていたのだ。

だから言葉と心を尽くして、向き合おうとしなかった。

それでは駄目だと、ひろはようやく気がついた。

「わたしはシロとたくさん話をしたい。わたしの話をして、同じだけシロの言葉を聞きたいの。……普通の、友だちみたいに」

そしてそれは、ちっとも難しいことではないはずなのだ。

——ふいに、風が止んだ。

うなだれた花薄の銀色の髪が、貴船のそよ風にさらりと揺れる。

「……安く見られたものだな」

じろりとひろを見上げた視線には、まだわずかに残る怒りが見える。そうしてどこか拗ねたような口調だった。

「……それでその神酒で、指月の機嫌をうかがいに来たのか？」

ひろはぱちりと目を瞬かせた。

拓己の方を振り向く。拓己は腕の中にしっかりと『清花』の包みを抱えてくれていた。

『清花』は荒ぶる水の神に捧げる、由緒正しい神酒だった。だから花薄は言ったのだ。その神酒でもって、シロのご機嫌を取るつもりかと。

その真意に気がついて、ひろは慌てて首を横に振った。

「違う……いや、違わないのかも……だって他に思いつかなかったんだよ」

ぽつりとひろは続けた。

「……シロが好きなもの」

今度きょとんとしたのは花薄の方だった。

ひろは肩から提げていた鞄の中身を、ほら、と花薄に見せた。

「他にもいろいろ持ってきたんだよ。金平糖とか、落雁とか、琥珀糖とか、マカロンとか……シロが好きだって言ってくれたもののいろいろ、全部」

シロがうれしそうにこの酒を飲むのを見るのが好きだ。美しい菓子を見て金色の瞳を輝かせるのを見るのが好きだ。

美しいものだ、美味いものだと愛(め)でながら、シロが話すいろいろなことを聞くのが大好きだった。

だから、とひろは困ったように笑った。

「シロと話をするときに、シロが好きなものが傍にあると……きっと素敵だと思ったんだ」

隣で拓己が噴き出したのが聞こえた。

「ふ、はは……なんでうちの酒かと思てたけど、そういうつもりやったんか」

花薄との交渉だとか神前に捧げるだとか、もっとそれらしいことに使うのかと思っていたと、拓己が肩を震わせる。

「まあ神に捧げる、は間違いでもないか」

ひろは自分の顔がじわじわと赤くなっていくのを感じた。

「だって喧嘩(けんか)なんて……わたし今までしたことないの。どうやったらシロが仲直りしてくれるのかわからないから。思いつくもの全部持ってきたかったんだ」

自分が人付き合いの経験が少ないのは自覚していたから、これでもひろが一生懸命考えた結果なのだ。

花薄はしばらく唖然(あぜん)としていた。

ゆっくりと銀色の睫が何度か瞬いて。やがてその唇からふふ、と笑いをこぼした。

「ははっ……そうか。友だちか、仲直りか。指月と……っ。あれは洛南の暴れ神だぞ」

「……花薄まで」

そんなに笑うことだろうかと、ひろはむすりと唇をとがらせた。

「神様だって人間だって関係ないよ……わたしはシロと、本当に友だちになりたいだけだよ」

人とそうではないものの境目にひろは立っていると思う。どちらの想いもくみ取れる力を他ならぬシロにもらった。

だからその間をわたしが繋ぐのだ。

ひろにとって友だちが人間かそうでないかなどに、きっと大きな差なんてない。

花薄が目尻に滲んだ涙を白い指先で拭った。もう片方の指先でひろの手をきゅう、と握る。儚い少女のようなその唇が開いた。

「……お前と出会って指月は変わった。——美しく気高く何をも侵せぬ都の水の神であったのが、小さな白蛇に成り果てた」

だが、と花薄の指先に力がこもる。

「桃源郷のことがあってから、時折わたしと話しに来てくれた。洛南に咲く花の話、今年の酒の仕込み具合、海に夕日が溶けるように沈む様、大江山(おおえやま)の空に広がる星の話……。それから——蓮見神社の子、お前の話だ。ずいぶん楽しそうに話すものだと思ったよ」

シロは少しずつ変わった。人間らしく柔らかくなった。

「それなのに……突然貴船へやってきて昔のようにずっと眠ったり起きたりをくり返している。昔に戻っただけのはずなのに。今はずっとつまらなさそうだ」

花薄の瞳が不安そうに揺らぐ。震える花薄の声にひろはふと顔を上げた。

「やっぱり、花薄がわたしを呼んでくれてたんだね」

ここ最近、ずっと歌が聞こえていた。ひろを呼び寄せるようにずっと。

花薄はふん、と鼻を鳴らした。

「……どうしてわたしが、お前を呼ぶのだ、蓮見神社の子」

花薄が本当に不思議そうに言うものだから、ひろはきょとんとした。

彼女は自分でも気づいていなかったのか。そんなのはとても単純な理由だ。

ひろはくすりと笑った。

「シロが元気ないから、心配だったんだよね」

花薄が目を丸くした。その頬がじわりと朱に染まる。ああ、そうか。

「そ……んなことは、ない」

花薄が慌てて顔を逸らす。ひろは顔をほころばせた。

花薄は気高く美しい神様だけれど、感情や心はずっと自分に近いところがあると、ひろは前から思っている。

感情を隠すのだって思っているより下手くそで、ただ恋心に翻弄されているひろと同じ、女の子なのだと思う。

花薄がしばらくためらった後、むすりとしたままうなずいた。

「でも、そうか――……」

花薄が、ふと小さな桃源郷の離れを振り返った。

「あれが、さびしそうということなんだな。なあ蓮見神社の子。指月はとてもさびしそうだよ」

だから助けてやってくれと。

声に出さずに花薄はそうっと繋いだままのひろの手を、桃源郷へと導いた。

拓己から『清花』の瓶を受け取って、ひろは桃源郷に足を踏み入れた。

玄関飾りは春らしく、花の二つ三つついた桜の枝。古いけれど丁寧に手入れされた畳がぎしりと鳴る。床の間には大きな壺からあふれんばかりにユキヤナギがいけられ、掛け軸は春宵の月だった。

雪見障子が開かれて、開け放たれた縁側から入り込んだ、まだひやりと冷たい冬の空気が部屋の中を満たしている。

深い貴船の山々を背景に、シロが背を向けて座っていた。縁側に手をついて片手で猪口を傾けている。肩に銀色の髪がさらりと流れていた。その後ろ姿が今にも貴船の深い山々に溶けて消えてしまいそうに見えて。思わずひろが声をかけようとした時。

シロの手が空の猪口をかつん、と乱暴に縁側に投げ出した。

「——……どうして、来た」

ちらりとこちらをうかがう瞳が、困ったように伏せられている。

その瞳に言いようのない不安が揺れているのを、ひろは見た。

ひろは黙ってその隣に腰かけた。シロとこうやって縁側で共に過ごすのが、なんだかずいぶん懐かしい気がした。

思っていることをちゃんと言葉にしなくてはいけない。この人と話す力をひろは持っているから。

「迎えに来たんだよ、シロ」

シロがその金色の瞳を揺らせた。

「どうして……だっておれは――……」

もう、必要ないはずだ。

かすかな声でシロがそうつぶやいたのが聞こえた。

今のシロはひろよりずっと背が高く大人の姿をしている。その正体は伏見の大池に棲んでいた、都を支配する水神だ。本当は黒曜石の爪を持つ龍の姿をしていて、水しぶきを跳ね上げながら空を駆ける荘厳な姿を、ひろは見たことがある。

そういう、とても恐ろしく尊いものがシロだ。

けれど今、ひろの目にはさびしさに怯える小さな子どものようにも見えた。

ひろはシロをまっすぐに見つめた。今まで、この優しく美しい神様に、ひろは守ってもらってばかりだった。

「……今までの関係は、もういらないんだよ、シロ」

シロの肩がびくっと跳ね上がったのがわかった。ひろは目を逸らそうとするシロの着物の袖をつかんだ。

「シロ、わたし大学に合格したんだよ」

シロが目を逸らしたままつぶやいた。

「そうか……よかった」

そんな諦めたみたいな言葉が欲しかったんじゃない。

ひろは鞄から一枚の紙を取り出した。大学の入学通知だ。広げてシロの眼前に突きつけた。

文学部史学科民俗学専攻。

シロが眉を寄せたのがわかる。ひろはシロの目をじっと見つめた。

「シロたちのことをもっと知るための勉強をするつもりなの」

大学の案内をたくさん調べた中で、ひろが一番引かれたのがこの学問だった。

一言で言えば雑多な調査で、古くからの慣習や風習などを調べる学問だ。おとぎ話を考察するもの、各地の俗説を聞いて回るもの、言い伝えを集めるもの。

——妖怪や神様のことを調べるもの。

それを知った時、ひろはこれだと思った。

この土地には深い歴史に紐づいて生きる、不思議なものがいる。

北の山に棲む水の神のことを、かつて伏見に広がっていた広大な池のことを、美しい月の謂われのことを。

シロや花薄や、この地で共に生きているものたちのことをもっと知りたい。

そうして話して繋いでいきたいのだ。

「わたしはそのために、この力をシロからもらったんだって、そう思う」

だから今までの関係はもういらない。

「わたしは、シロに頼ってばかりの関係は嫌だ。お互い話し相手になったり、辛い時にはそれを共有したりしたい」

だから、とひろは膝の上でぎゅう、と手のひらを握りしめた。

「必要じゃないと傍にいられないなんて嫌だ。わたしもシロに頼りたいし、シロにも頼ってほしい」

助けてもらうばかりの幼く弱い自分はもういらない。

そしてシロだって、ひろを失った全ての代わりにしなくても、もう大丈夫なはずだから。

ひろはシロの手をぎゅうと握りしめた。

「──もっとシロと、たくさん話がしたい……友だちになりたいんだよ、シロ」

シロは目の前の、ひろの瞳の奥でちかちかと輝くものに、目を奪われていた。

綺羅星(きらぼし)のように輝く瞳は、まっすぐに未来を見つめているのだとわかる。瞳は人の心をうつすのだと、馬鹿(ばか)みたいにその輝きに見入られた。

「……おれも人であったらよかったのに」

するりと己の口から滑り落ちた。

人というのは幼く愚かしいけれど、瞬く間に強さを得て、前に進む力を持っている。守ってやらなくてはと思っていたこの子に、いつの間にか置いていかれてしまう。

そう思った瞬間、シロはその手を伸ばしてひろの細い手首をつかんだ。

この子と同じだけの速さで前に進む力と、この子の優しさに寄り添ってやれるだけの柔らかさが欲しかった。

でもそれは人にしかないものだ。ただ、もしそれを得ることができたなら。

「そうしたらひろは——」

共に前に進む相手として、一番におれを選んでくれただろうか。

己はひろが跡取りに抱くような、あの優しく甘い関係が欲しかったのだろうか。心の内に問うてみて、シロはそこで初めて甘やかな胸の痛みを自覚した。

そうしてシロは、ようやく——知ったのだ。

ずっとこの胸の内を渦巻く不愉快で苛々としてどうしようもなくて、それでも手放せないものが何なのか。

ああ、そうか。

これこそが、心だ。

「シロ？」

黙り込んでしまった己を、気遣わしげにのぞき込むひろの瞳から、シロは目を逸らした。

そうして代わりに、にやりと笑ってみせた。

「……いや、おれが人であったら、どんな形でもひろの傍にいられたのに、と思っただけだ。家族でも友人でも——恋人でも」

がたりと後ろで音がする。後ろで見守っていた花薄と拓己が、同時に立ち上がろうとしたのだ。

それがあまりに同じ反応で、シロは思わず肩を震わせて笑った。

ちらりと後ろを振り返って唇の端をつり上げる。拓己の目が己を睨みつけているのがわかった。

もう少し恐れを知った方がいいとかいろいろ思うところはあるけれど。相手が誰であってもあの跡取りは同じ反応をするのだろう。

それが大切な幼馴染みのためなら。

欲しい、と思った。跡取りの甘やかな視線の先から、ひろを奪って隠してしまえばいい。だって、己が欲しいと思ったのだから。

シロはそこでふっと笑った。

今までの、この柔らかな「心」とやらを知らないままのシロなら、ためらうことなくそうしたに違いない。

けれど今は、だめだ、と思った。

ひろの傍には跡取りがいて、ころころと変わり振り回されるそのひろの表情が、悪くないと思ってしまったから。

シロは瞬き一つで自覚したばかりの己の心を覆い隠した。

「冗談だ」

冗談だよ、ともう一度言ったのは、自分に言い聞かせるためだったのかもしれない。

シロは目の前で目を見開いて固まってしまっていた、大好きな少女の髪をさらりと梳(す)いた。

ひろがやっとぎこちなく動き出す。それがほっとしたように見えて、胸の内にえもいわれぬ痛みがうずく。

シロの前で、ひろはぐっとこぶしを握りしめて気合いを入れていた。

「人であってもそうじゃなくてもいいんだ。シロは、わたしの一番大切な友だちだよ」

その屈託のない笑顔が好きだ。

けれど己はこの子の心の一番深いところまでは、手が届かない。

気がついてしまったら、途端に苦しくなった。

「……いい。ひろの一番なら、それでいい」

人の心とは複雑なものだ。胸が詰まって何かがあふれそうだった。

苦しいくせに、ひろがほっと笑った瞬間にたまらなく愛しくなる。

己の中でゆらゆらと揺れてちっとも形を成さない。こんなにやっかいで、儚く、そして美しい。

人の心とは、確かに夜空に瞬く綺羅星と似ている。


花薄が持ち出してきたのは、美しい色のついた酒器一式と硝子の皿だった。促されるままに、ひろは硝子の皿にもってきた菓子を全部並べる。

「金平糖に琥珀糖……これがマカロンと言ったか」

のぞき込む花薄の顔も興味津々だ。だがひろは、その隣に並べられるどう見ても高そうな金襴手の酒器──徳利と猪口の方が気になった。

「……これって、この桃源郷のお部屋のものなの？」

花薄がなんでもないようにうなずく。指先で三つ並んだ猪口をなぞった。

「やはりここの主人はいい趣味をしている。まだ貴船の春には少し遠いからな。ここだけでも鮮やかに花が咲いたようだろう」

シロがなるほど、とうなずく横で、拓己がぼそりと言った。

「……それ、古伊万里(こいまり)やんな」

金襴の飾りが散ったその陶磁器は、どう見てもケースに入れて飾って愛でるものだ。しかもこの部屋に置いてあったものだというから、なおさらである。

花薄は首をかしげた。

「こんなものは使うためにあるのだろう。飾ってどうする。だいたいこれなどまだ三百年そこそこだ、大したことあるまいよ」

花薄もシロと同じように、人の手で作られた美しいものが好きなのだろう。硝子の上の雪だるまの落雁と、値段を聞きたくもない古伊万里の酒器を、同じように愛おしそうに愛でている。

きらきらと輝く金襴の猪口に『清花』を注いだ花薄は、一つをシロに、一つを拓己に差し出した。

「……こっちの感覚やと、三百年モノは家宝やけどな」

こわごわ受け取った拓己の顔も声も引きつっている。

後で三吾に謝らなくてはいけないが、さてどう言ったものだろうかとひろの顔色もやや青い。

花薄がひろを見てくすりと笑う。

「お前は、人の決まりだとまだ茶だったな」

そうして猪口三つと湯飲みが一つ、かちりと合わさった。

皿の上の菓子があらかたなくなった頃。ひろと拓己からことのあらましを聞いたシロが、猪口を片手に縁側の向こうを見やった。

ずっと遠く、南の空の下には今も幻の蓮が咲き続けている。

ひろは冷めてしまった湯飲みを握り直して言った。

「……最初は志摩さんの知り合いが育てた、大池の蓮だったんだと思う」

かつてまだ大池が存在した頃の、ただの小さな蓮の種だった。だが硬い殻の中で時を過ごし、己の棲み家が失われていくうちに、その蓮は小さな願いを持ったのだ。

己の棲み家に戻りたいと、ごく当たり前のささやかな願いだ。

花薄がふうん、と笑みをこぼした。

「最初はその蓮の儚き夢だったのだろうよ。もとより少しばかり夢を食う力があったかもしれんが。それがある時、大きな力を持ったものの夢と交わった――お前だ、指月」

シロが何かを思い出すように宙を睨んでいた。

「……懐かしい夢を見た。かつての大池の夢で……蓮咲き乱れる中におれは立っていた」

ひろもその美しい姿を目の当たりにしたことがある。

祇園祭の夜、瑠璃色の鉢と巨椋池の蓮が見せてくれた幻の姿だ。どこまでも続く広大な浅い池、蓮が咲き乱れ小さな生き物をたくさん育み、人の営みを支えていた。

抑えつけたように冷たい声で、シロが続けた。

「大池に未練がないとは言わない。だが失ったものは戻らない」

花薄が金襴の徳利を持ち上げて、シロの猪口に酒を注いだ。

「その蓮の花は違ったのだ。儚き蓮の夢はお前の夢と重なった」

力ある夢を取り込んだ蓮は、ただ己と、そしてシロの願いを叶えようとしている。周りの夢に手を伸ばし、強い思いをあふれさせてそれを食う。

そうして――。

拓己が眉を寄せた。

「あの蓮が白蛇と自分の夢を叶えようとしてるんやったら……つまり、埋め立てられた巨椋池を復活させたいいうことやな」

花薄がにい、と笑った。

「今、地面にはびこる幻の蓮畑など可愛いものだ。いずれ水が満ちてくるだろう。そうすればかつての大池が伏見に現れる」

ひろはぞっとした。かつての巨椋池は東西四キロ、南北三キロに渡る巨大な池だ。宇治川の南西の見えている部分は、おおよそ全部沈んでしまうことになる。

シロは小さくため息をついた。

「……おれの夢だ。おれが行かなくてはいけないんだな」

「せやけどお前、あっちやと人の姿にも戻れへんのやろう」

拓己が言った。シロはこの貴船の地以外では、雨や雪が降らない限り人の姿には戻れない。白蛇の姿のままでは力も弱いままだ。

シロがかたりと金襴の猪口を縁側に置いた。花薄をちらりとうかがう。

「南に雨を呼べるか、花薄」

指先で琥珀糖の最後の一つをつまんでいた花薄が、わずかに瞼を伏せた。長い睫が頬に影を落とす。口の中に放り込んだゆず風味の琥珀糖が、かしゃりと崩れた音が聞こえた。

「南に雨を呼ぶのは本来、わたしの領分ではない」

花薄の棲み家はこの貴船だ。勢いのまま伏見の水を枯らしたことはあるけれど、力を使い果たした花薄もまた半ば眠ったり起きたりを、今でも繰り返している状態だとひろは聞いていた。

花薄がふん、とよそを向く。

「それに、大池がよみがえれば、またあの美しい月を見ることができるのだろう？　──なあ指月。わたしはまたあの四つの月を肴に酒を飲みたいんだ」

空、川、盃、池。指月の名のもとになった美しい四つの月のことだ。

シロがふ、と笑った。

「──池の月はここにあるだろう」

シロの、月と同じ金色の瞳が、ぐっと色を深めた。

「共に酒を飲めばいい。肴に歌ってくれ。お前の歌は嫌いではない」

隣でひろが聞いていても、なんだかそわそわとするような声音だった。隣をそっとうかがうと花薄が固まっている。

シロが続けた。

「おれに雨をくれ、ほんのひとときでいい。お前にしか頼めないことだ」

花薄の頰に、見てわかるほどに朱が上った。唇を震わせて、その金色の瞳をちかちかと輝かせている。

ひろは花薄の気持ちが、痛いほどわかった。

頼られている、役に立つことができる。

とても大切な人にそう言われた時に、どれほどうれしいだろうか。

「――……考えておく」

そう言い捨てた花薄が、ぱっと立ち上がった。長い髪を靡かせて裸足でためらうことなく庭に下りる。

あれは逃げたくなっても仕方がない、とひろがぼんやり思っていると、きびすを返してずかずかとこちらに歩いてきた花薄に、がっと腕をつかまれた。

「庭を案内してやる、来い、蓮見神社の子」

「えっ！」

腕を引かれて、ひろはあわてて縁側に用意されていた草履に足を突っ込んだ。

桃源郷の白砂の敷かれた庭は、見事な造りだった。貴船の山々と高い空を借景とし、小さな池や松、鹿威しが庭園の手本のように配置されている。

池の傍にしゃがみ込んでいる花薄の隣に、ひろも膝を抱えてしゃがんだ。

池の中には錦鯉が二匹、悠然とその身を泳がせている。一匹は黒と赤と白色の斑模様。もう一匹は銀色と赤色の二色模様だった。

指先で池の水面をはじいていた花薄が、ぽつりと言った。

「……………どう思う、さっきの……指月」

ちらりと隣をうかがうと、水面を睨みつけるような花薄の頬は未だほんの少し赤らんでいる。目の端がわずかに潤んでいて、感情が丸ごと表に現れているようなこの顔を、ひろは知っている。

椿と同じ、恋をしている女の子の顔だ。

花薄は——きっと何百年も、シロに恋をしている。

ひろはふふ、と笑った。

「あれはずるいと思う」

「そうだろう！　……指月がわたしを気にかけてなどいないことは、わかっているんだ。だがあの態度はだめだ……」

「……こう、勘違いしちゃうね」

ひろは自分に重ね合わせて、はあ、とため息をついた。水面がゆらゆらと悩ましい恋する少女の顔を、二つうつし出している。

ひろはぽつりと言った。

「ちょっと優しくされたりすると……脈があるかもって思う」

「人もそうか……男というものはみんな、ああいうものなのか？」

水面にうつった花薄の金色の瞳が、はたりと伏せられる。ひろは困ったように唸（うな）った。

「ううん、わたし、人間の中だと人付き合いがちょっと苦手なタイプだから、みんなって言われるとわからないけど……でも……拓己くんは、そうだと思う」

「清花蔵の跡取りか……」

ちらりと見た花薄の眉が、気の毒そうにひそめられているのを見て、ひろは肩を落とした。

「誰にだって優しくて、誰でも助けちゃうんだ。そういうところがすごく好きだと思うのに……自分だけじゃないってことが、辛いとも思っちゃうんだよね……」

花薄といると、今まで心の中に押し隠していたものが、するするとほころんでいくようだった。同じ想いを抱いているからだろうか。

恋バナに夢中になる人の気持ちが、ひろは今ならよくわかる気がした。

「それはままならないものだな」

花薄が縁側でくつろいでいるシロを見やった。『清花』の瓶を持ち上げて、うれしそうに残りを確認している。

花薄が盛大に嘆息した。むすっと唇をとがらせる。

「ほら。もうわたしなぞに興味がないんだ」

ひろはくすくすと笑った。そうしていると普通の女の子みたいだ。同じクラスの女の子で、お互い好きな男の子がいる。そういう風だった。

花薄が薄い唇を開いた。

——凪になびくもの　松の梢の高き枝　竹の梢とか　海に帆かけて走る船　空には浮雲　野辺には花薄……

不思議な抑揚の歌だ。柔らかい花薄の声によく合っていて、けれど聞いているときゅうと胸の奥が痛くなる。

「かつてここが都と呼ばれていた頃、この歌を歌ったわたしに、指月が言った」

お前の凪が揺らすものは、美しいと。

だから花薄はこの名を名乗ることにした。

「あの頃の、人の感情など知らぬような指月も好きだった。だが——」

縁側ではシロが拓己と何事か話している。金色の瞳の色はくるくると変わり、むっとしたり笑ったり、シロはずいぶん豊かになった。

「今の指月も嫌いではない」

花薄の言葉に、ひろもゆっくりとうなずいた。

「うん」

顔を見合わせて、ふふ、と互いに笑った。花薄が裾を払って立ち上がった。銀糸のような髪が風に靡く。

「蓮見神社の子。時折ここに話しに来い。この部屋を開けておいてやる」

贅沢だなあ、とひろは肩をすくめた。本当なら一泊で何十万とする部屋だ。三吾が聞けば目を剝く話だ。

花薄は怖くて美しくて、とても尊い神様だ。

けれど誰かに恋をして、めちゃくちゃに心を乱されている。そういうところは、人も彼女もちっとも変わらないと思う。

だからひろはもっと彼らを知りたいと思うのだ。

松の木の下で花薄がちらりとひろを見やった。

「お前は？　清花蔵の跡取りのことは、どうする」

ひろは困ったように目を伏せる。

「この気持ちは、言わないつもりだよ」

「どうして？」

花薄に問われて、ひろは自らの思いを、ほろりと口に出した。

「怖いから」

この気持ちを伝えたらきっと、ひろは拓己の幼馴染みとしての権利まで失ってしまう。それが怖い。

ひろがそう言うと、花薄がきょとんとした後、珍しく声を上げて笑った。

「馬鹿だな。そうやって心の内に溜めておくと、いつかあふれて止まらなくなるぞ」

まあ見ていろ、と恋心を知った美しい神は笑った。

池を見ながら何事かを話している二人を見て、拓己はじろりと傍らのシロを見やった。

「あれはあかんと思うけどな」

「何がだ？」

手持ち無沙汰になったシロは、ひろの持ってきた『清花』の残りをうれしそうに見つめている。神のための酒は、シロと花薄が飲み進めたせいか、残りは瓶底からあと数センチといったところだ。

「花薄。結局花薄のことどう思うてんのや。その気があらへんのやったら、勘違いさせるんとちがうんか」

言いながら拓己は、なんだか薄ら寒いものを感じていた。この白蛇と〝恋バナ〟なるものをすることになろうとは。

シロが怪訝そうな顔でこちらを振り返った。

「馬鹿かお前。お前たちのいう恋というのは、心千々に乱れることだろう。……それはひろで少し理解した。だがあれの傍は心が凪ぐ。だからそういうものとは違うんだ」

「…………あ、お前、案外阿呆なんやな」

拓己は目を丸く見開いた。

なんだと、と腰を浮かすシロは、白蛇の姿であれば、赤い舌を出して威嚇していただろう。

心乱れるだけが愛おしいということではないと、いつかこの白蛇も気がつくのだろうか。それとも気が遠くなるほど途切れぬ付き合いが、案外それを妨げるのかもしれない。どれだけ生きても、傲慢で恐ろしい存在でも。

心だけは思い通りにままならないものだから。

シロが立てた膝に肘をついて、ふん、とこちらを睨みつけた。

「だいたいお前の方はどうなんだ。東京に行くんだろう。ひろを放って」

今度は拓己がよそを向く番だった。小さく舌打ちする。まったく仁といいシロといい、人の恋路に口を出しすぎだ。

拓己は、あの時、仁に言うつもりだった言葉を続けた。

「……だからや。何年も東京行くんや……何かあったときにひろの傍におられへん」

いつだって傍にいて守ってやれるのなら、拓己もその手を伸ばしたのかもしれない。

けれど拓己は自分の道を選んでしまった。

半年や一年に一度しか戻ってこない男が、ひろを縛りつけるわけにはいかない。あの子の目の前には世界が広がっていて、何を選ぶのも自由なのだ。

やっと——一人で歩き始めたとても大切な女の子の邪魔なんて、できるわけがないのだ。

「ひろには——……もっとずっと傍にいるやつが現れる。それで、ええんや」

シロが、ふと笑った。

「そういうのを、人は根性無しと言うんだな」

拓己はシロを睨みつけた。

シロがどこ吹く風で酒をあおった。

「人の理性というのは、存外つまらないものだな。たまには欲しいものを欲しいと言ってみろ」

うるさいとか、やかましいとか返したような気がする。

けれどその時の拓己の内心は、目の前でわかったように笑う白蛇どころではなくて。

「——拓己くん、伏見に帰ろう」

こちらへ向かって駆け寄ってくる、大切な幼馴染みの笑顔で心がいっぱいだったのだ。

5

桃源郷の部屋を出たところで、シロはいつもの白蛇の姿に戻った。当たり前のような顔をして、ひろの肩にのそのそと這い上がる。

「……ちょっとは遠慮せえや」

拓己が複雑そうな顔でシロをじろりと睨みつけた。

「そんな必要があるか？　おれはひろの一番だからな」

金色の瞳がにやりと笑ったように見える。

「友だちやろ、友だち」

拓己とシロの間で交わされる、いっそ悪友のようなやりとりが実は大好きで、ひろはくすくすと笑った。

この日常がやっと戻ってきたのだと。そう思うだけでほっとして泣きそうだった。

桜の下で見送ってくれる花薄と、本館で複雑そうな顔で待ち構えていた三吾にひろと拓己は別れを告げた。

深い貴船の山々を見上げて、ひろはぽつりと言った。

「一緒に帰ろう、シロ」

ひろのコートのポケットに潜り込んだシロが、うなずいた気配がした。

シロはこれから、己の夢と向き合わなくてはいけないのだ。

いつも降りる桃山御陵前駅を通り過ぎて向島駅まで向かう。駅を出ると、西側の田畑にそびえる鉄塔が、西の山に沈む赤い夕日に焼けていた。

強い風が吹き渡る。千切れそうなほど髪を靡かせて、ひろは目の前に広がる干拓地へ足を踏み入れた。

「……妙な気分だな」

橙色の夕日の下に広がる干拓地を見つめて、シロがつぶやいた。

「気配だけで言えば、ここはもう大池だ」

ひろの足元でぱしゃりと水が跳ねた。慌てて足を引く。

ひたり、とそこまで揺らめく波紋が迫っていた。足で触れても濡れることはないけれど、その幻の水は確実に、ゆっくりと迫りくるように見えた。

巨椋池干拓地に広がるアスファルトに電柱、ぽつぽつと立つ家、学校、工場。そしてそのほとんどを占める、広大な田畑。

夕日の橙色に染まるそれらの景色と、硝子の蓮が花開く美しい大池の景色。二つの世界を重ねて見ているような気分だった。

ぱしゃりと音を立てて、ひろの足元で小さな魚が跳ねる。鱗(うろこ)がきらきらと銀色に光る魚が、何匹も泳いでいる。

「こんなんまでいるんか……」

拓己が引きつったような声を出した。

「あっちだ」

シロがつい、と首を西へ向けた。

「わかるの？」

「呼ばれている気がする」

シロはコートのポケットからひろの肩へ這い上がった。金色の瞳をずっと西へ向けている。同じ方向へ顔を向けたひろは、たしかにその言葉を拾った。

——おまち、もうしあげて……。

ざらりとしたあのラジオのような声だ。確かにシロを呼んでいる。

干拓地を西に向かって進むにつれて、蓮畑は深く、幻は濃くなっていく。

蓮を分け入るように進んでいたひろの傍を、すう、と何かが通り過ぎていった。

「……蓮見舟だ」

シロが思わずつぶやいたのが聞こえた。

細い舟に二、三人が乗り込んで、弁当や茶を手に蓮見物をしている。どれもが着物の男女であったり、教科書で見るような古い洋服であったりした。

「あれ、大野くんの宿が昔やってたって……」

今は蛸薬師通にある宿、おおの屋は、かつて巨椋池に蓮見舟を出していた旅館だった。

シロがこくりとうなずいた。

「晴れた夏の朝に出るんだ。まだ宵のうちから舟を出して、蓮のつぼみの中に分け入っていく……」

そうして早朝の光に照らされて、蓮の花が開く様を皆で眺めるのだ。

「弁当を食べたり、歌ったり……楽しそうだった」

これはシロの夢だ。結局シロは昔から、人の営みが好きなのだと、ひろはそう思った。

蓮見舟が乱立する蓮の花の向こうに消えていくと、辺りはまた暗くなった。

夕暮れの空の手前に、玻璃のような幻の空が広がっている。藍色の深い闇は見渡す限り続き、煌々と照る美しい月が東から昇る。

ひろは息を呑んだ。

黄金色の光が降り注ぎ、硝子の蓮がきらきらと照らされる。

蓮畑に照る月は、この世のものとは思えぬ美しさだった。

かつてこんなに美しい光景が、本当にここに広がっていた。そう思うとてつもない宝を失ったような気がして、ひろはひどく悲しい気分になった。

シロがひろの肩から伸び上がる。その金色の瞳に月の光をうつして。

「……なるほど、本当におれの夢なんだな」

シロがそう言った時。強い風が一陣吹いて、涙のように空から、はらはらと雨がこぼれ落ちた。

花薄だ。

ひろが瞬きをする間に、ひろの傍らには人の姿のシロが立っていた。

肩までつくほどの銀色の髪、薄藍の着物は浴衣のように薄く、裾には蓮の柄があしらわれている。瞳は月と同じ金色だ。

シロの目はじっとまっすぐ、前を見つめていた。

「あれだな」

蓮畑の真ん中にぽかりと開けた場所があった。中心にひろの背丈ほどの細い蓮が伸びている。

薄い硝子を幾重にも重ねたようなつぼみを月に向かって伸ばしている。今にもはじけそうなほどふっくらとしていた。

あれが始まりの一輪だと、すぐにわかった。

「……お前がおれを呼んだんだな」

——ともに、とりもどしては、くださいませぬか。

蓮はわななくように言った。

あのそらを、あのつきを、あのはすを——あのうつくしい、われらの、こきょう。

シロの肩がぎくりと跳ねた。

シロとこの夢見の蓮の力があれば——大池を取り戻すことができるだろうから。

ここは彼らの故郷だ。

「ひろ……」

傍らで拓己がひろの腕をつかんだ。じっとシロを見つめている。うなずくのかもしれないと、そう思っているのだとわかった。

ひろはゆっくりを首を横に振った。

「大丈夫だよ、拓己くん」

過去か未来か。シロがどちらを選ぶのか。

そんなの、もう決まっている。

シロはその手をつい、と蓮のつぼみに伸ばした。愛おしむように撫でる。

このまま幻を引き込んでしまうことだってできる。ここを大池に変えて、蓮畑に戻し、美しいすべてを取り戻すことだって。

だが、とつぶやいたその声には、痛いほどの切なさが込められていた。

「おれは人の、何かを壊してでも前に進む、無様で愚かしい姿が、愛おしいと思うのだ」

シロの手がふいに持ち上がった。どこからから水の跳ねる音がする。

幻の池の水もすべて巻き込んで、跳ね上がった。

月光にきらきらと輝く。硝子の花びらが開いていく。

花びらの先からさらさらと崩れ——。

まるで綺羅と輝く星々のようだった。

ほんの一瞬だった。

ひろが一つ瞬きをしたその間に、蓮畑も月も綺羅の星々も、すべて消え失せた。

夕暮れと夜のあわいが姿を現す。春の匂いを含んだ風が吹き渡る、今の干拓地の姿だ。

花薄の呼んだ雨はすっかり止み、白蛇の姿に戻ったシロが、ひろの肩の上でくるりと丸まっていた。

まるで何事もなかったかのようだった。

「……これで大丈夫なんやな」

拓己が、シロが乗っている肩とは反対をとんと叩いた。ひろはうなずいた。

「うん」

シロは一言も話さないままひろのコートのポケットに、ぐるりと丸まって収まってしまった。硝子の蓮が崩れるその最後に、シロの金色の瞳の端からこぼれるものを、ひろは確かに見た。

吹き渡る風に、ひろはふと耳を澄ませた。

「……聞こえるよ、シロ」

工場の動く音、バイパスを走る車のエンジンの音、自転車のブレーキ音、畑仕事を終えた人の声、帰り道の学生たちの笑い声、どこかで子どもが泣く声……。

強い風に吹かれて、すべての声が聞こえる。

かつてのシロの棲み家は、美しい橙色の夕焼けに染まっていた。畑からはあちこち小さな芽が吹き出し、田には水が張られている。

これは人の営みの姿だ。

シロはここへ帰るべきだとひろは思った。

ここはまだシロの棲み家だ。何も失われていない。かつて大池がその身で魚や蓮を育て、人々を育んだように。

この地はまだ人を育んでいる。

「おかえり、シロ」

ポケットをとんとん、と叩くと、小さな白蛇の神様がごそりと身じろぐ感触がした。

三月の最後の週、宴会好きの清花蔵でもまれに見るほどの、大宴会が開かれた。翌日旅立ってしまう拓己の壮行会である。

「若、若ー！」

酔った蔵人たちが、入れ替わり立ち替わり拓己をぎゅうぎゅう抱きしめる。何十キロもの米を運んだり、一日中樽をかき混ぜたりする、太く筋肉質な腕が拓己の首を締め上げた。

「苦しい、苦しいて！」

拓己がばしばしとその腕を叩いて叫んだ。

床には『清花』の一升瓶が転がり、瓶ビールはケースごと運び込まれている。仕込みが一段落したのもあって、杜氏も蔵人も全員参加だ。

ひろはその光景を微笑ましく見つめながら、新しい皿を手に取った。

近所の寿司屋に頼んでおいたたくさんの寿司桶には、ぴかぴかの握り寿司が入っているが、ひろの目当ては別にあった。

大皿に盛られたちらし寿司だ。細く刻まれた黄色の錦糸卵とぐっと味の濃い椎茸、胡瓜とサヤエンドウ、菜の花の緑、鮪とサーモンの赤と、色鮮やかな春のちらし寿司だった。

「いやあ、上手やわ……」

ひろの隣で目を丸くしたのは、祖母のはな江だ。今日は仕事が休みだった祖母もお呼ばれしているのだ。ちらりとひろを見やる。

「これ、ほんまにあんたが作ったん、ひろ」

ひろはふふ、と笑みをこぼした。

これは今日の昼から実里に教わりながら、ひろが一人で作ったちらし寿司だ。

「卵も自分で焼いたんだよ」
「通りでちょっと太いわけや」
「……そこは見逃してよ」

祖母が笑いながらスマートフォンを懐から出して、ぎこちなくちらし寿司の写真を撮っている。父と母に送るのだろう。

最近新しいスマートフォンを手に入れた祖母は、その使い方をせっせと母に聞いている。母も何かと文句を言いながらも、祖母に丁寧に使い方を教えているらしかった。

時折さびしそうだった祖母が、友だちとの写真とか、母が送ってきた写真をいそいそと見せに来るのが、ひろもうれしかった。

ちらし寿司を皿に盛って、具材を飾り付ける。がんばって挑戦した酢漬けの蕪と胡瓜の飾り切りも添えてみた。

ちらり、と奥の席をうかがうと、そこでは拓己がまだ蔵人たちとの攻防を続けていた。

「あんたら自分の腕力考えてくださいよ！　おれ東京行く前に死んでしまう！」

立ち上がって逃げようとする拓己の腕を、がしりとつかんだのは杜氏の常磐だった。祖父ほどの年齢でありながら、尋常ではない体力と腕力を誇る。

拓己の顔がわかりやすいほど青くなった。

「あんな小さかった拓己もとうとう独り立ちか！　大きくなったなぁ……」

「ぐっ！」

がしりと抱きつかれた拓己が、ぎゅう、と締め上げられる。気の置けない宴会と自分の孫のような拓己の門出に浮かれて、常磐もしたたかに酔っているのだろう。

ひろのパーカーのポケットからちらりとシロが顔を出した。金色の瞳がひろを見上げる。

「…………跡取りは大丈夫なのか……？」

半分呆れたような、半分ぞっとしたような声だった。

「……どうかな。完全に遊ばれちゃってるよね、拓己くん……」

「潰されそうじゃないか……あれは辛いぞ」

白蛇としての経験に裏打ちされた言葉に、ひろは思わず笑ってしまいそうになる。ひろはこっそりシロにささやいた。

「みんな拓己くんのことが大好きなんだよ」

顔を上げると、こちらを見つめている祖母と目が合った。シロが慌ててポケットの中に引っ込んだ。

祖母がふと微笑んだ。ああ、これは見つかっている。

茶をもらうために立ち上がった祖母が、ひろの傍を通る時にそうっとささやいた。

「ひろのお友だちに、いつかゆっくり遊びに来てて、伝えといて」

ポケットの中でシロがごそりと動く。それがうなずいた仕草だとわかったのは、たぶんひろだけだった。

賑やかな宴会から少し離れて、ひろが硝子戸の開けられた縁側で春の風に吹かれていると、後ろで畳を踏む音がした。振り返ると徳利と猪口を二つ、直接抱えた拓己が立っている。

「……ほんまに体痛いわ……」

縁側に酒器を置いた拓己は、顔をしかめて肩をぐるぐると回した。ぱきぱきと音がするのがおかしい。

「みんなさびしいんだよ」

蔵人たちにとって拓己はずっと傍で見てきた子どもや孫のようなものだ。独り立ちがうれしくてさびしい。

「愛の形が重いし痛い」

そう言う拓己の口元もほころんでいる。

「白蛇」

二人分の猪口に酒を注いで、拓己がそう呼んだ。シロがするりとひろのポケットから這い出てくる。

「おれに酒を注ぐその殊勝さだけは見所があるな」

「なんやそれ」

拓己がはは、と声を上げて笑う。

こんな風に屈託なく笑う拓己は珍しい。拓己の頰にも赤みが差している。いつもより飲まされていたから少し酔っているのかもしれなかった。

「おれも腹減ったな。結局何も食べてへんし……何かもらいに行ってくる」

立ち上がろうとした拓己の袖を、ひろは慌てて引いた。拓己の手にぐいっと皿を押しつける。拓己がぱちぱちと目を瞬かせた。

「……何やこれ」

「ちらし寿司だよ。わたしが作ったの！」

拓己は目を丸くした。

「切って混ぜただけだけど……でもほら！　この胡瓜の飾り切りなんか、すごくがんばったんだ」

拓己がくすりと笑った。

「もう顔に褒めてほしいて書いたあるな」

ひろはう、と詰まった。

でもこのちらし寿司は卵を焼いたり野菜を切ったり、最初から最後までひろが全部一人で作った。晴れの日のごちそうで、拓己へのお祝いの気持ちなのだ。

だからできれば美味しいと言ってほしいし、よくやったと褒めてほしい。……最後なのだから、それくらいのわがままは許されるはずだと、ひろはそろりと拓己を見上げた。

「……ちゃんと美味しいはずなんだけど……」

「うん。いただきます」

拓己が笑って手を合わせた。錦糸卵がほろりとほどける。酢飯の甘い香り、鮪と蓮根はさっぱりとした組み合わせで、いくらでも食べられる、はずだ。

ひろが緊張した面持ちで固唾を呑んでいると、拓己がうなずいた。

「うん美味い。ようやったなあ……不器用やのに」

不器用は余計だ、とひろはむっと拓己を見やった。そうしてすぐにふふ、とこみ上げてきた笑いをこぼす。

拓己が喜んでくれたことがうれしくてたまらなかった。

拓己が箸先で扇形に切られた胡瓜をつまむ。

「へえ、こんなんもひろがやったんか」

一番上手にできた一つを、実は自分の皿にずっと取っておいたのだ。

「実里さんに教わったの」

ひろがそう言った瞬間、横からシロがひょいと伸び上がって、飾り切りをぱくりと飲み込んだ。

「あっ！」

拓己が目を見開いてシロの体をわしづかむ。

「何してくれてんのや！」

「ひろの手で作った美しいものは、おれのものだろう？」

シロの金色の瞳がゆらりと揺れる。とろけるほど甘く重い。

「なにせ、おれが一番だからな」

――その瞬間、拓己の瞳がきゅうと鋭くなった気がした。

「――違う、おれが……」

そう言った拓己が、猪口を片手に目を見開いていた。

酔いに任せて、ぽろりとこぼれたという風だった。

「おれが、何だ？」

そう問うたシロの金色の瞳が、笑った気配がした。ぐう、とその細い体が伸び上がる。

金色の瞳が甘やかに揺れた。

「跡取り、お前に最後の機会をくれてやる。餞別(せんべつ)だ」

その瞬間、ぱん、と井戸から水が跳ね上がった。

ひろはぱっと空を振り仰いだ。

縁側から見える夜空に、春の星が輝いている。その間の夜闇を埋めるように——シロの跳ね上げた水が砕けた。

縁側からの光に照らされて、ちかちかと瞬く。

まるで、春の夜空を彩る綺羅星のように。

「ひろ」

その甘やかな声にひろの背筋が震えた。視線を戻した先で、拓己がじっとこちらを見つめている。

ひろは顔に朱が上るのを感じた。

拓己の瞳の奥が熱を帯びて輝いている。そんな目を、ひろは今まで見たことがない。

そんなとろけた顔で、名前を呼ばないでほしい。

あふれそうになるその思いを必死に飲み込む。

「——……ひろ」

拓己の伸ばされた手がひろの頰をかすめる。甘い酒の匂いがする。酔っているなら悪い冗談だ。

心の中からあふれてはいけないものが顔を出す。

飲み込め、抑えつけろ、とひろの理性が悲鳴を上げた。

この人を失う覚悟が、まだわたしにはない。

「拓己くん」

ひろは頰に伸ばされた手をぎゅう、と握りしめた。そこに触れられたらきっともうあふれてしまうと思ったから。

「──いってらっしゃい、拓己くん」

……ずっと長い時間が過ぎたような気がした。

やがて拓己が、ほう、と深い息を吐く。

顔を上げた拓己は、いつもの優しい幼馴染みだった。

──その瞬間、拓己は心中でも深く安堵(あんど)のため息をついていた。

余計なお膳立て(ぜんだ)だと、内心シロに舌打ちする。

蔵人たちにずいぶん飲まされて、ふわふわとした意識の中で、シロの跳ね上げた水が宝石を散りばめたように砕けるのを見た。

縁側からの光を反射して、幼馴染みの顔をきらきらと照らす。

うれしそうに見上げたひろを見て、拓己は息を呑んだ。

瞳の中に星を抱いていると思った。

うれしそうにほころばせるその顔がたまらなくて、気がついたら手を伸ばしていた。

ギリギリで戻ってきた自分の理性に、感謝すればいいのか舌打ちすればいいのかもうわからない。

ひろは大切な幼馴染みで、そしてたぶん大切な女の子だ。

これから自分で世界を拓いていくはずで、その傍に自分はいられない。

自分の選んだ道は、いま彼女の傍から離れようとしている。

この子に何かあったときに、一番近くにいられない。もう一番近くで守ってやることはできないから。

拓己が引き結んだ唇を、ほろりと開いた。

「……いってきます、ひろ」

痛いほど手のひらを握りしめる。

もし——自分がこの土地に戻ってきた時。まだこの子がおれを必要としているのなら。

その時に、まだこの子が、おれの手を取ってくれるのなら。

その時は迷いなく手を伸ばしてつかむのだと。

拓己は春の星を見上げて、そう思う。

そして、なんとも情けない決意だと、心の内で己を笑った。


あともう何日かで三月が終わってしまう、その日。

ひろは東京行きの新幹線のホームに、拓己と二人で立っていた。

ブラウンのシャツワンピースに、いつもの白い厚手のニットを羽織ったひろは、内心ため息をついた。

お祝いも見送りもちゃんと済ませて、いっそほっとしていたはずだったのに。今朝、清花蔵の前で顔を合わせた実里に、頼まれてしまったのだ。

正も実里も蔵があって、拓己を見送ることができない。だから代わりに行ってきてほしい、と。

頼まれるままにのこのこやってきてしまった、自分のこらえ性のなさに、呆れるばかりである。

「――それで、まず入学式終わったら、同じクラスの人と仲良うなっとき。一緒に授業受けるといろいろ聞けるし」

拓己がいいか、と念押しするようにひろの方を向いた。

生成りのジャケットにカットソー、履(は)き慣れた革靴で、手にボストンバッグを一つぶら下げている。残りの荷物は全部送ってしまったそうだ。

「それとサークルはどうするつもりなんや？」

ひろは首をかしげた。

「面白そうなのがあれば入りたいけど……一人はちょっと勇気がいるよね」

あ、とひろは顔を上げた。

「大野くんが映画サークルとか楽しそうって言ってたんだ。わたしも一緒に入ろうかな」

拓己が妙にきっぱりした口調で言った。

「やめとき」

「あんまりキャンパス内でぼーっと花とか見てたらあかんで。大学は変なのに声かけられるから、危ない思ったらすぐ逃げるんや」

ひろはくすりと笑ってうなずいた。

拓己は自分の門出はそっちのけで、ひろのことをずっと案じてくれている。

こんな風に拓己が甘やかして、心配してくれるのもしばらくないのだと思うと、もう少し堪能しておこうかな、なんて気持ちにもなる。

サークルに授業に研究室にと、これからひろの前には決めなくてはいけないことが押し寄せてくる。

今まで相談に乗ってくれた拓己はもういない。——ひろは一人でがんばらなくてはいけないのだ。

新幹線がホームに滑り込んでくる。

人の波がざわりと動いた。

いつも傍にいた拓己の気配が、するりと離れていく。

ひどく切なくて心許(もと)ない気持ちになって、ひろはこみ上げてくる思いをぐっと飲み込んだ。

笑顔で、を意識して唇を開く。

「大丈夫だよ、拓己くん。わたし、一人でちゃんとやるよ」

さようならだ。

もう大丈夫。一人だって立って歩いていける。拓己はやっとひろの手を離して、自分のための道を歩くことができるのだから。

大丈夫。

並んだ列が進み始める。次々と新幹線に人が吸い込まれていく中、拓己がふと、困ったように笑ったのが見えた。

「……そうか。ひろも子どもやないもんな。——もうおれがおらへんでも、大丈夫やな」

うん、と何とかうなずくことができたけれど、そこまでだった。

拓己の顔が、なんだかさびしそうだと気がついてしまった瞬間。

ひろの胸の奥で、何かがはじけた気がした。

これはだめだと抑えつけようとするのに、タガが外れてしまったみたいに、心の中で暴れ続ける。

——それはいつかあふれるぞ、と。

貴船の美しい神様が、そう言ったのを思い出した。

邪魔になりたくない、拓己には前を向いて歩いていってほしい。

このままの関係で、ずっと傍にいられれば、それでいい。

……嫌だ。

もっと心配してほしい。困らせたい。甘えたい。

いつだって、傍にいてほしい。

さびしい、置いていってほしくない。

頭の中も心も、全部ぐちゃぐちゃになってしまう。

新幹線に乗り込んだ拓己が、笑って片手を上げる。

「じゃあ元気でな、ひろ」

柵から離れてくださいと、アナウンスが飛んだ。

ドアが閉まる――拓己が行ってしまう。

大好きな人が、いなくなってしまう！

だめだ、と思った。

「拓己くん――！」


好きだよ。


ドアが閉まる瞬間だった。

思わず叫んだそれが、聞こえないでほしいとひろは本気で願った。最後まで隠し通すつもりだったのに。

けれど神様はこういう時ばかり、ひろの言うことなんて聞いてくれないのだ。

閉まったドアの向こうで、拓己が顔を真っ赤にしてひろを見つめていたから。

ああ聞こえてしまったのだと、そう思った。

——四年後。

大学の文学部民俗学専攻のゼミ室に、悲鳴じみた声が響いた。

「——三岡(みつおか)さんが旧館でぼやーっと木とか見上げてるからですよ！　資料整理、午前中で終わらせるって言ってたの、三岡さんですからね！」

噛みつかれそうな勢いで詰め寄られて、ひろは両手を顔の前で合わせて、深々と頭を下げた。

「ごめん、本当にごめんなさい！」

ちらり、と顔を上げると、腕を組んだ後輩がじろりとこちらを見つめていた。

ずいぶん長くなった髪は最近——ひろにしてみれば決死の思いで——茶色に染めたところだ。視界の中に淡く色の抜けた毛先がうつる。

波瀬葵(はせあおい)はひろの二つ後輩だ。学部の二年生で、四月に進級するとひろたちのゼミに入ることが決まっている。

ひろは四月から院に進学するから、まだしばらくは先輩後輩の関係だった。

一年生の時から民俗学専攻のゼミに入り浸っていた葵は、そのしっかりした性格もあって、今ではすっかりひろの保護者のようだった。

葵がまったく、と息をついた。

「今日、帰ってきはるんでしょう。急がないと」

ひろは、小さくうなずいた。途端に心がそわそわと急く。

横から一つ下の後輩がにやにやと笑って見上げてきた。

「それってあれですか、あっちが東京に行く時に、三岡さんが告ってふられたっていう」

資料をまとめていたひろは、むっと唇をとがらせた。

「ふられてない！　……と、思う……んだけどな」

葵が首を緩く横に振った。

「やめたってください。告ったけど四年間なかったことにされてるだけです」

ぐう、とひろは声に出さずにうめいた。

四年前の、あの日。

おそらく聞こえていたであろうひろの告白に、拓己からの返事はなかった。

その夜かかってきた電話も、盆に戻ってきた時もいつもの拓己で、心臓がひっくり返りそうな思いをしていたひろとしては、肩すかしを食らった気分だった。

かといってひろからその話題に触れる勇気があるはずもなく。

「――そうこうして四年て、それはもうなかったことにしよう思われてますって」

葵がテキパキと資料を机に並べながら言った。

「……そうだよね……」

ひろはノートパソコンをぱたりと閉じて、ぐったりと机に突っ伏した。

あれはやっぱり拓己なりの優しさだったのかもしれない。なかったことにして、今までと同じ関係を続けてきた。結局ひろはその優しさに甘えてきてしまったのだ。

その時ぶる、とスマートフォンが震えて、メッセージが飛び込んできた。ひろはぱっと顔を上げた。

「椿ちゃんと陶子ちゃんだ！」

ひろはいそいそとメッセージグループを開いた。後ろから葵の声がかかる。

「いつものお友だちさんたちですか？」

「うん！」

陶子と椿は、大学を卒業後それぞれ就職することが決まっている。この四年間、頻繁にではなかったけれど、何度も会った。ひろの――四年経ってもまだ数少ない友だちだ。

――覚悟は決まったん？

陶子からはにやり、と笑う絵文字つき。

——結果、教えてな、ひろちゃん。

椿からはハートの絵文字つきだ。

ひろはスマートフォンを握りしめて立ち上がった。

四年前の曖昧な告白を、今日ちゃんと清算するのだと、陶子にも椿にも話してある。

「これで全部だから、明日先生に渡しておくね。手伝ってくれてありがとう」

ひろはまとめた資料を机の端に積み上げた。データはすでに教授にメールで送ってある。

これで今日の仕事は終わった。

ひろは出入り口にある鏡でさっと髪を整えた。メイクは何とか覚えたけれど結局苦手なままだ。色つきのリップクリームを塗って、毛先を整えて、グレーのスプリングコートを羽織る。

鏡の中の自分は少し大人びたと思う。

四年分、あの人に追いつくことができただろうか。

鞄を肩に引っかけてゼミ室を飛び出す寸前、葵に呼び止められた。

「先輩、似合ってますね、そのワンピース」

ひろは裾をくるりと翻(ひるがえ)して振り返った。

鮮やかな黄緑色に、白い水玉の散ったワンピースだ。六年半も前のデザインだけれど、今だって十分に可愛い。

やっと、このワンピースを着てもいいと、そう思えるようになった。

「ありがとう。いってきます！」

ゼミ棟を駆け出たところで、コートのポケットがごそりと動いた。

「いいのか、旧校舎の木」

シロだ。透明に近い鱗に、月と同じ金色の瞳。四年経ってお気に入りの場所は、パーカーのフードからコートのポケットに変わった。

雨の降る夜にはひろの部屋に遊びに来て、清花蔵に行く日はいつの間にか縁側で酒を舐めている。ひろのよき友人だった。

ひろはううん、と唸って足を止めた。

はらりと、薄桃色の花弁が足元に散る。旧校舎の傍にある、古くて大きな桜の木だ。

耳を澄ませると、わずかに歌声が聞こえる。

「おばあちゃんと相談かなあ。あの木、後ろ側に昔、古い井戸があったんだって。戦時中の井戸みたいなんだ」

ひろの耳は相変わらず、不可思議なものの声を拾う。

その肩で白蛇が笑った。

「久しぶりに跡取りに相談してみたらどうだ。どうせあいつ、これからずっとこっちにいるんだろう」

ひろはじわりと胸の内があたたかくなるのを感じた。

そうだ。四年前は別れと旅立ちの春だった。

でも今日は違う。

ひろは逸る気持ちを抑えてうなずいた。

電車に乗っても座っていられなくて、立ったまま外を流れる景色をそわそわと見つめていた。伏見桃山駅で電車を飛び降りたところで、ポケットのスマートフォンにメッセージが入る。

『ただいま』

息を呑んで、ひろは走り出した。

大手筋商店街を駆け抜ける。春の風に甘い米麴のにおいが混じっていた。

古い酒蔵が建ち並ぶ一角は景観整備地区だ。酒蔵の軒下に、まだ青みを残した杉玉が並ぶ。

小さな鳥居が蓮見神社。そのはす向かいは、古い商家の面影を残した酒蔵、清花蔵だ。その前に背の高い男が一人立っていた。

二十六歳になった拓己だ。

ずいぶん大人びて、少し兄の瑞人に似たかもしれない。春らしい生成りのジャケットにデニム、革靴は見慣れた拓己の格好だ。

ひろは拓己の前で、はあ、と息を整えた。

朝からせっかくワンピースに合わせて、長くなった髪を巻いてみたり、椿や陶子と買いに行ったアクセサリーを選んでみたり、いろいろがんばったのに。

もう全部、ぐちゃぐちゃだ。

「……おかえり、拓己くん！」

でももう、四年前の告白だって、どうだっていい。

拓己が帰ってきた。それだけでもうひろは胸がいっぱいだ。

「ただいま、ひろ」

拓己の手がひろの腕をつかむ寸前で、ばしりとシロがはじいた。

「離せ、跡取り！」

「……なんや、いたんか白蛇」

「おれはいつだってひろの傍にいる。ひろの一番だからな」

その金色の瞳がにやりと笑った気がした。シロが赤い舌を出してしゃあ、と威嚇する様が、なんだかたまらなく懐かしい。

甘い麹の匂いのするこの町と、いつもひろと一緒にいてくれた人たちが、ひろの居場所だから。

「ひろ」

大好きな、優しくてあたたかい声に呼ばれてひろは顔を上げた。

いつの間にかシロがするりとどこかへ姿を消したのがわかる。

顔を上げた瞬間、ひろは拓己の瞳の中にちかちかと瞬く星を見た。

それがとてもきれいで、思わずじっと見つめる。

きらきらと揺れるそれが、あふれ出しそうだと思った瞬間。

強い力で引かれて、あたたかな胸の中に飛び込んでいた。拓己の心臓の音がとても近くで聞こえる。

耳元で聞こえたそれを、ひろは確かに拾った。

「……待たせてごめんな、ひろ。おれも——おれも好き。ひろが好きや。ちゃんと、傍にいるから」

風が吹いて桜が舞い散る。

伸ばした手に拓己の背が触れる。思い切り力を込めて抱きしめた。

「わたしは、拓己くんの特別になりたいよ」

涙でぐちゃぐちゃになった視界の中で、いつもの拓己のあたたかくて柔らかくて、大好きな笑顔が見えた。

春風に、黄緑色のワンピースがひらめいている――。

参考文献

『梁塵秘抄』（２０１４）植木朝子編訳（筑摩書房）
『新訂　梁塵秘抄　復刻版』（２０１５）佐佐木信綱　校訂（響林社）
『伏見の歴史と文化　京・伏見学叢書第1巻』（２００３）聖母女学院短期大学伏見学研究会編（清文堂出版）
『京の酒学』（２０１６）吉田元（臨川書店）
『伏見の酒造用具』（１９８７）京都市文化観光局文化観光部文化財保護課編・発行
『巨椋池ものがたり』（２００３）巨椋池ものがたり編さん委員会（久御山町教育委員会）
『七〇〇〇通の軍事郵便――高橋峯次郎と農民兵士たち――』（１９８３）菊池敬一（柏樹社）

※この作品はフィクションです。実在の人物・団体・事件などにはいっさい関係ありません。

集英社オレンジ文庫をお買い上げいただき、ありがとうございます。
ご意見・ご感想をお待ちしております。

● あて先
〒101-8050　東京都千代田区一ツ橋2-5-10
集英社オレンジ文庫編集部 気付
相川　真先生

京都伏見は水神さまのいたはるところ
綺羅星の恋心と旅立ちの春

集英社
オレンジ文庫

2021年1月25日　第1刷発行

著　者　相川　真
発行者　北畠輝幸
発行所　株式会社集英社
〒101-8050東京都千代田区一ツ橋2-5-10
電話【編集部】03-3230-6352
【読者係】03-3230-6080
【販売部】03-3230-6393（書店専用）
印刷所　凸版印刷株式会社

※定価はカバーに表示してあります

ISBN 978-4-08-680361-8 C0193